Pierre Mac Orlan

HAFEN IM NEBEL

Roman/Klett-Cotta

Aus dem Französischen
übersetzt und mit einem
Nachwort versehen von
Jürgen Ritte

Verlagsgemeinschaft Ernst Klett Verlag –
J. G. Cotta'sche Buchhandlung
Die Originalausgabe erschien 1927 unter dem Titel
«Le quai des brumes» im Verlag Gallimard, Paris

Printed in Germany 1988
Schutzumschlag: Klett-Cotta-Design
Gesetzt aus der 10 p Palatino von
Fotosatz Janß, Pfungstadt
Gedruckt auf säurefreiem und holzfreiem
Werkdruckpapier Volumina von
Cartiere del Garda bei Gutmann, Heilbronn
Gebunden bei Lachenmaier, Reutlingen.

CIP-Titelaufnahme der Deutschen Bibliothek

Mac Orlan, Pierre:
Hafen im Nebel: Roman / Pierre Mac Orlan. Aus d. Franz.
übers. u. mit e. Nachw. vers. von Jürgen Ritte. – Stuttgart:
Klett-Cotta, 1988
Einheitssacht.: Le quai des brumes ⟨dt.⟩
ISBN 3-608-95551-8

1

Jean Rabe, ein junger Mann von fünfundzwanzig Jahren und ohne Beruf, nahm den vom Schnee schweren Filzhut in seine schmutzigen Hände und klopfte ihn aus. Es war schöner Schnee, von polarer Reinheit. Jean Rabe betrachtete ihn hungrig, wie etwas, das man essen kann. Seit dem Abgang vom Gymnasium schienen alle seine Geistestätigkeiten nur noch der Verfeinerung von Eßgelüsten zu gelten. Überhaupt hatte er es zu einem ganz erstaunlichen Raffinement darin gebracht, sich Speisen auszumalen. Oder kurz: seine vom Hunger gebeutelte Vorstellungskraft wußte den Genuß eines Beefsteaks noch zu steigern. Seit genau sieben Wochen hatte er nun schon kein saftiges Stück Fleisch mehr gegessen. Soweit er es sich leisten konnte, ernährte er sich von in Fett gebratenen Schweinswürsten und Pommes frites. Dies aß er mal hier, mal da, bei Tag oder bei Nacht, zumeist aber bei Tag, so ganz den Glücksfällen der Gastfreundschaft ausgeliefert. Denn er konnte die Abwesenheit eines Freundes nutzen und schlief in einer Dachkammer der Rue Constance am Montmartre. Konnte er es sich leisten, mietete er ein Zimmer für ein, zwei Tage, kaufte sich eine Kerze und einen spannenden Abenteuerroman. Nach dem Verzehr von Brot mit Leberpastete machte es ihm dann ein unbeschreibliches Vergnügen, sich in die Bettlaken zu wickeln und bis zu vorgerückter Nachtstunde *La Dame de Monsoreau* zu lesen. War die Kerze zu drei Vierteln heruntergebrannt, löschte er sie und blieb starren Blicks auf dem Rücken liegen.

Ganz durchdrungen war er dann vom erbärmlichen Komfort eines billigen Hotels. Wie ein Schwamm sog er ihn in sich auf, und blähte sich in dieses Nichts zwischen einem Bett, einem Dach und einer verriegelten Tür. Besonders die verriegelte Tür spendete ihm jene glückselige Benommenheit, die ihn vorübergehend an den Rand der Welt, an den Rand des Lebens gleiten ließ, eines Lebens, das ihn, dem Winde gleich, wie ein dürres Blatt, oft in komischem Zickzack vor sich herfegte.

Jeden Tag leerte er, wie er zu sagen pflegte, den Kelch der Bitternis bis zur Neige. Und manchmal wurde es ihm so widerlich, daß er lächeln mußte, doch lächelte er dann mit dem Blick eines falschen Priesters. Er liebte die Frauen und Männer, weil er sie für noch elender als sich selbst hielt. Eines Abends, als er in einer Kneipe an den Markthallen vor einem Kaffee zu zehn Centimes eingeschlafen war, hatte er mitten in seiner Wirrnis aus Halbschlaf und Misere plötzlich gemerkt, daß er neben einem fünf oder sechs Jahre alten Mädchen saß, das den Schlaf der Unschuldigen schlief und den Kopf zutraulich auf Rabes Arm ruhen ließ.

Ihn überkam grenzenloses Erbarmen mit diesem Kind. Heller Glanz erstrahlte in ihm. Unwiderstehlich hatte dieses kleine Köpfchen, das da auf seinem Arm ruhte, all die Lichter zum Glühen gebracht, denen in Rabes Einbildung diejenigen Fibern seines Wesens entsprachen, die erst sichtbar werden könnten, wenn er dies tierische Elend hinter sich gelassen hätte. Sanft schob er das Mädchen beiseite und trat auf die Straße hinaus. Der Regen übersäte den Asphalt mit kleinen Glöckchen, die wie Springteufel tanzten. Sacht kühlte er die Energie, die aus dem Kopf und dem weichen Mund des Mädchens auf Rabe übergeströmt waren. Doch jetzt konnte Rabe unmöglich in die Kneipe zurückkehren, denn er besaß keine zwei Sous mehr für einen Platz vor einem Glas Kaffee.

Er irrte durch die Nässe und wurde schließlich auf einem Polizeirevier vorstellig. Dort präsentierte er sein Schulzeugnis, und der Amtsschreiber gab ihm einen Gutschein für ein nahegelegenes Hotel, dessen Pforten sich vor ihm öffneten wie ein Gefängnistor.

In so vielen Hotels er schon gewohnt hatte, so oft hatte er Schlüsselgeräusche eine Zellentür öffnen gehört. Langsam aber sicher gewöhnte er sich an die Vorstellung, eines Tages im Gefängnis zu landen, wo dann alles genauso zuginge wie in jenen Hotels, wo er mit einem Mal in Schlaf gesunken war, von drei Uhr morgens bis Mittag. Es wurde immer drei Uhr morgens, ehe er die 20 Centimesmünze in Händen hielt, die ihm diesen höllischen Genuß der Ruhe erlaubte.

Zuweilen schlief er über einem Anfall von aberwitzigem Optimismus ein, denn er hatte noch vier Sous übrig für einen Milchkaffee und ein Croissant. Dann machte er Pläne für die Zukunft.

Er hatte Arbeit gesucht. Sein Aufzug und Gebaren indes konnte niemanden dazu ermutigen, sein Chef zu werden. Und alle hatten sie genau gespürt, daß Rabe nicht in ihr Spiel paßte, und so war er leer ausgegangen.

Von Zeit zu Zeit jedoch arbeitete Rabe. Er war Korrektor bei einer Druckerei in einer Provinzstadt gewesen und hatte wieder Geschmack an geistigen Dingen gefunden, auch an einem gewissen Luxus, zu dem der Umgang mit jungen Huren die Burschen stets verführt. Er hatte sich ein Fahrrad gekauft und es wieder verkauft, denn er brauchte Geld, um im bürgerlichen Kaffeehaus Eindruck machen zu können auf die blonde Simone, die in einer Kaschemme, in der der dritte Stand der Prostitution zusammentrat, hinter der Kasse saß. Er kaufte noch andere Dinge und verkaufte sie wieder. Er zahlte sein Hotelzimmer nicht, vergaß die Rechnungen der Gastwirte, die ihm Kredit gewährten. Eines Morgens war er wieder in Paris. Seinen neuen Überzieher versetzte er sogleich bei einem Trödler in der Rue Durantin. Und als er dann, immer tiefer sinkend, wieder die Elendskluft angelegt hatte, machte er sich von neuem auf den Weg von Straße zu Straße, von einem zum andern, Männern und Frauen, deren Namen er zu vergessen gedachte, sobald günstigere Umstände es ihm erlaubten.

Vor fast drei Monaten war Jean Rabe aus Palermo zurückgekehrt, wo er ein Jahr lang so etwas wie Komfort erlebt hatte. Doch schon an dem Tage, den der Zufall dazu ausersehen hatte, ihn im Gefolge einer alten Dame in ein lächerliches Hotel einzuquartieren, von wo aus er die drei rosaroten Kuppeln der Catena sehen konnte, war ihm vollkommen klar gewesen, daß diese Geschichte ohne Folgen bleiben würde und daß er, wenn er wieder nach Paris käme, zwar um eine lateinische Erinnerung, die ihn kaum begeistern konnte, reicher, aber immer noch ohne Geld sein würde. Er kam zurück, wie er aufgebrochen war, allerdings mit neuen Kleidern, die er wieder verkaufte. Davon konnte er drei Wochen leben.

Er verlängerte einfach seinen Betrug an der eigenen Misere, die ihm wie eine ergebene Gefährtin überallhin folgte.

In Palermo, in Neapel, in Rom, in Florenz wußte er sie, jammernd und aufsässig, stets hinter sich. Er hörte ihre weinerliche Stimme, die wie die Gosse sprach. Er spürte, wie sie ihm an den Rockzipfeln hing. Manchmal zuckte er mit den Schultern. Er ahnte, daß die Stunde, da er sich ihrer mütterlichen Fürsorge entziehen könnte, noch nicht gekommen war. Doch wie tief er auch fiel, Jean Rabe hatte eine ganz eigene Kraft. Zuweilen blitzte sie auf, und wenn er es wollte oder wenn der Alkohol ihn von innen her durchglühte, drang ein verführerisches und zugleich beunruhigendes Leuchten nach außen, ähnlich dem blassen Licht in den Fenstern einer unbekannten Stadt, wie man sie nachts von einem vorbeifahrenden Zug aus wahrnimmt. Seine besten Freunde mochten ihn nicht gut leiden, denn er war arm und schlecht gekleidet. Es war keine Ehre, mit ihm zu verkehren. Solange er noch nicht da war, sprach man über ihn hart und ohne Nachsicht. Sobald er aber kam, streckten sich alle Hände ihm entgegen, und voll freudiger Überraschung hieß es dann: »Da ist ja Jean Rabe, he, wie geht's dir, Jean Rabe?«

Dann setzte sich Jean Rabe und antwortete mit vergnügter Miene: »Mir geht's gut, danke«, und zu sich selbst sagte er: »Verrecken sollt Ihr, Ihr Dreckskerle!«

Die schönsten Momente seines Lebens verbrachte Jean Rabe in der Nähe betuchter Freunde. Er kannte einige, die entweder über eine beneidenswerte Stellung oder über Zuwendungen ihrer Eltern verfügten. Diese Kaffeehausphilanthropen mochten Jean Rabe, weil er ihnen in durchzechten Nächten eine angenehme Gesellschaft sein konnte. Gegen Morgen kehrte der Freund dann heim ins Warme, und Rabe, wankenden Ganges und mit Kopfschmerzen, denn die Ernüchterung kam zu schnell, machte sich wieder auf den Weg durch die Straßen, auf der Suche nach dem Haus, Zimmer oder Atelier eines Freundes, wo er sich trotz der feindseligen Blicke der Hausherrin auf dem Sofa ausstrecken dürfte. Außer den Straßenmädchen haßten ihn alle Frauen. Und Jean Rabe zuckte die Achseln, denn er wußte, daß es nicht anders sein konnte. Es störte ihn nicht, wie die Frauen seiner Freunde sich benahmen. Er schenkte ihnen gar keine Beachtung: wie auch immer die Frauen über diese bewegende Frage dachten, was zählte, war sein Schlaf.

In jener Nacht, gegen elf Uhr, nachdem er bei einem Freund zu Abend gegessen und ihn vergeblich um die paar Sous anzupumpen versucht hatte, die er brauchte, um sich für die Nacht in der Passage de l'Elysée-des-Beaux-Arts ein Zimmer zu mieten, beschloß er, einer Eingebung folgend, wieder einmal auf die Butte-Montmartre zu gehen, wo im »Lapin Agile« sicherlich ein kleines Feuer für die Nacht entfacht werden würde.

Es schneite, und Rabe klopfte seinen schneeschweren Hut aus. Er hatte ganz Paris durchquert, denn er kam vom Montparnasse. Er ging schnell, den Kopf vorgeneigt und zwischen die Schultern gezogen, die Fäuste tief im viel zu engen Sommermantel.

Unterwegs dachte er beinahe laut. Sein Hirn arbeitete fieberhaft an einer Idee, die ihm plötzlich blendend vor Augen stand und die es in die Tat umzusetzen galt: einen Louis auftreiben, auf eine Woche ein Zimmer mieten, Papier und Tusche kaufen, Zeichnungen anfertigen, möglichst pornographische, der Verkäuflichkeit wegen. Und – wer weiß? – diese dann zu hundert Sous pro Blatt verkaufen. Doch so oft er auch alle Möglichkeiten durchging, er konnte kaum hoffen, hundert Francs dabei herauszuschlagen. Seinen Handelswert veranschlagte er auf bestenfalls fünfzig Francs.

Als er, die Beine weich vom Pflastertreten, an der Place Pigalle ankam, hatte er die Dummheit seiner Hypothesen längst begriffen. Den erhofften Louis würde er nirgends auftreiben. Das war klar.

Er wühlte in seiner Tasche, zog ein kleines, feuchtgewordenes Päckchen Tabak heraus und stopfte sich seine Pfeife, wobei er sie sorgsam gegen die umherfliegenden Schneeflocken abschirmte.

Im Trafik an der Ecke Rue des Abbesses zündete er sie an. Die Bar Faulvet gegenüber funkelte nur so vor Licht und Frohsinn. Unter kräftigem Geklingel und Geläut klimperte wie überdreht das elektrische Klavier die *Sidi-Brahim*. Rabe trat ans Fenster zur Rue des Abbesses und sah hinein. Kein einziges freundliches Gesicht fiel ihm auf. Hinten in der Ecke saß sein ärgster Feind, ein alter Maler, vor einem Glas Kaffee und stopfte sich die Pfeife. Obwohl er schon auf der Kante seiner Bank saß, baumelten die kurzen Beine in der Luft. Er betrachtete das mechanische Orgelwerk und gab das Bild eines einsamen Schwachkopfs ab.

Jean Rabe zog eine Grimasse, als er dies Nebenprodukt der Künste erblickte. Das Blut schoß ihm in die Wangen, wenn er sich all der demütigenden Beleidigungen erinnerte, mit denen dieser nette Kerl ihn im ganzen Viertel verfolgt hatte. Sobald Jean Rabe irgendwo auftauchte, verschloß man diskret die Schränke.

Jean Rabe betrachtete den Alten, wie er sich unter einer elektrischen Kugellampe aufblähte und an seiner Tonpfeife nuckelte. Er sah ihn einen Halben Braunbier bestellen. Das Schauspiel widerte ihn an, und so ging er hängenden Kopfes weiter durch den Schnee der Rue Ravignan. Mit klappernden Zähnen und seinem Kopf als Klangkörper skandierte er einen Militärmarsch. An der Ecke Rue Norvins und Rue des Saules rief ihn eine Stimme durch den Schnee an. Es war P'tit Louis, ein junger Zuhälter aus der Gegend, Rabe hatte ihn schon als Knaben in kurzen Hosen gekannt.

»Tag, Herr Rabe«.

»Ah, guten Tag«, antwortete Rabe.

Sogleich kam ihm die Idee, diesen gewinnenden jungen Mann um ein paar Sous anzugehen. Doch dummerweise hielt er sich zurück, die Erziehung besorgte den Rest, und als er die schlecht gepflasterte Rue des Saules hinunterstolperte, ahnte er, daß er eine gute Gelegenheit ausgelassen hatte. Diese Nacht würde übel ausgehen, in Kälte und Elend, und das war noch schmählicher als zu stehlen.

Fensterläden und Türen waren verschlossen, und doch versprühte das »Lapin Agile« hinter seinem niedrigen Gitter ein gelbes Licht, ein schönes reines Licht, das sich goldgelb auf den weißen Schnee legte.

Rabe klopfte schüchtern ans massive Holz der Fensterläden, ein plötzlicher Ruck öffnete die Tür, und sogleich umhüllten ihn die Schwaden des Wohlseins, der Zuversicht, der Wärme. ein »Guten Tag allerseits« wünschte er Frédéric, dem Wirt. Der hatte einen roten Schal um den Kopf gewunden, im Nacken verknotet, ähnlich wie bei den Fischern im Süden oder den Greisen im Plougastel mit ihren alten Mützen. Er trug Stiefel, in denen er schweigsam, bestimmt, flink und beherzt auftrat, Kopf und Schultern ein wenig geduckt, so daß er jederzeit zum Angriff oder zur Verteidigung bereit war.

Er lebte mit den Wölfen und kannte ihre Sitten. Er war nicht mehr ganz jung, doch verstand er sich auch bei Männern Respekt zu verschaffen, die mit dem Gottesurteil der Gewalt nicht lange zögern.

Er sprach wenig und hatte stets ein Ohr nach draußen gespitzt. Ein seltsamer Instinkt warnte ihn beizeiten. Er witterte die Vorzeichen einer Schlägerei, ihren tragischen, hektischen Atem; lange bevor im Sturme der Schlacht die Lichter erloschen, ahnte er die gemeine, hinterhältige, stets verblüffende Präzision ihres Ablaufs.

»Wie geht's?« fragte Frédéric.

»Es geht«, antwortete Rabe.

»Dann steig rauf ans Feuer, es ist niemand da.« Jean Rabe ging nach oben in die große Stube und rückte einen wackligen Schemel an den gegipsten Kamin, der ein kleines Feuer auf tellergroßem Herd beherbergte.

In dieser Stube verletzte ihn nichts. Sie verschmolz mit seinem Elend.

Er klopfte die Pfeife am Absatz seines ausgetretenen Schuhs aus, schnupperte am Feuer und ließ, solange es ging, seine Beine rösten.

Amüsiert beobachtete er, wie weiße Mäuse über den Kaminsims spazierten. Sie kamen aus einem Loch, um in einem anderen wieder zu verschwinden. Rabe suchte nach einem Vorwand, sich einen Kaffee ausgeben zu lassen.

Über ihm, eingesperrt in seinen Käfig aus Weidengeflecht, saß der kleine Chouca, ein Rabe, und mußte dreimal niesen, ganz wie ein Mensch.

2

Die Hitze kroch in die Kleider des jungen Mannes, die dadurch noch zerknautschter und schäbiger wurden. Rabe schlug die Hände wie Zimbeln gegeneinander. Die rote Glut der Scheite stach ihm in die Augen, und er träumte vom Feuer, von den Holzpreisen, von dem wohligen Gefühl, auf immer einem unverlöschlichen Feuer nahe zu sein.

Rabe sah sich als armen, aber glücklichen Vasallen des Feuers. Ringsum hatte der ewige Schnee nach und nach die ganze Stadt begraben, in der er lebte. Zwischen den Schneeflocken machten sich dunkel gewandete Gespenster in geschäftigem Rhythmus zu schaffen, doch das kümmerte ihn nicht.

Das Feuer stach ihm in die Augen, und ihm verschwamm alles, was er je gesehen hatte: Menschen, Dinge, Landschaften, Tiere. Er allein, diese Randfigur des Lebens, war der Lehnsmann des Feuers. Er allein hatte das Recht, in dieser Atmosphäre von Glückseligkeit zu gedeihen, deren Schöpfer der Purpurgott war.

Draußen wurde Paris erobert vom Schnee, der jeden Laut erstickte. Die Ecke der Rue Saint-Vincent und das große ochsenblutrote Gebäude lagen wie ausgestorben da. Ein einziges Licht schien unter dem Dachfirst hervor. Rabe konnte es durch ein Herz in den Fensterläden sehen und malte sich aus, daß dort oben Monsieur de Montmartre wohnte, der Henker des achtzehnten Bezirks, der seinen verrufenen Enkeln aus der Bibel vorlas.

Dieses Kalenderbild paßte zu Rabes Betrachtungen über den Schnee und half ihm, sein Wohlsein noch abzurunden, das nun unmerklich auf 25 Grad Celsius gestiegen war.

Er sang leise vor sich hin, wie man bisweilen in der Eisenbahn singt, wenn einen der Rhythmus der Schwellen wiegt.

Frédéric, die Hände auf dem Rücken, den Nacken tief unter der roten Wolle seines Schals, lief im Hause hin und her. Manchmal blieb er stehen, blies an einem Span die Glut an und entzündete seine Pfeife.

»Ich rieche Stinktiere draußen«, sagte er.

Lächelnd wandte Rabe ihm das Gesicht zu.

»Das ist gut möglich«, sagte er höflich.

Dann stand er auf, schob die Hände in die Taschen, trat ans Fenster und drückte sich die Nase platt. Durch die Öffnungen im Fensterladen erblickte er die einzige Gaslaterne an der Ecke. Ängstlich zitterte die Flamme unter den Windböen, die durch die Bäume des Friedhofs von Saint-Vincent rauschten.

»Was ist das nur für ein Wetter!« seufzte Rabe.

Frédéric stocherte wieder im Feuer herum.

»Und ich sage dir, es streichen Stinktiere ums Haus.«

»War gestern nichts los?« fragte Rabe.

»Nein.«

»Ist Philippis Bande nicht aufgetaucht?«

»Genau die meine ich«, antwortete Frédéric. Er griff nach seiner Mandoline, die mit dem Bauch nach oben wie eine umgedrehte Schildkröte aussah. Er schlug ein paar Akkorde an, sang leise etwas Unverständliches vor sich hin, was dann aber wunderbar zu der milden Wärme des kleinen Feuers paßte.

»Möchtest du einen Kaffee?« fragte Frédéric.

»Allerdings«, antwortete Rabe und rieb sich, wie er es oft tat, die Hände, »bei so einem Wetter ... ich sag nicht nein ... Ich kann ihn gut brauchen, und ich habe keinen Sou.«

Die Betonung lag auf dem Satzende.

»Das war mir klar«, sagte Frédéric.

Jean Rabe trank einen kochend heißen Kaffee. Köstlich brannte ihm die Flüssigkeit in Hals und Magen.

Frédéric war in die kleine Stube hinuntergestiegen. Seine Frau machte sich in der Küche zu schaffen, und man hörte den gedämpften Singsang der Mamsell.

Rabe rauchte immer noch. Auch er war hinuntergestiegen, und aus dem kleinen Fenster am Tresen beobachtete er die Straße mit der gemarterten Silhouette einer Akazie und die Bataillone von Schneeflocken, die lautlos herumwirbelten, um sich dann in lockeren Massen herabzustürzen.

Vor der kleinen Schenke war alles weiß, die Dächer der Häuser, die versteinerten Bäume. Nicht einmal eine Fußspur war zu sehen. Die Menschen hatten sich zu Hause eingeschlossen, und die Ängstlichsten lagen mit starrem Nacken auf den Kopfkissen, niedergedrückt von der mystischen Stille des Schnees.

Die Weiße Armee besetzte Paris. Hinterlistig drang sie in die Kamine, zwängte sich in die schwarzen Mantelkrägen von Gendarmen, die sich nicht vom Fleck rührten. Doch gegen die Wärme des kleinen Feuers konnte sie ebensowenig ausrichten wie gegen einen Jean Reh, der aus einer Tasse Kaffee neuen Mut geschöpft hatte.

»Was muß man nur anstellen für ein Leben mit drei Mahlzeiten pro Tag?«, fragt er sich beinahe laut. »Beziehungen müßte man haben, dann könnte ich einen Beruf ausüben, der keine besonderen Kenntnisse erfordert. Etwa in einer Agentur arbeiten und Adressen schreiben?« Bei diesem Gedanken mußte er bitter lächeln.

Ein Barmherziger hatte ihm einmal eine kleine Empfehlung geschrieben. Am Ende eines Arbeitstages in Gesellschaft von alten nörgelnden, mißgünstigen und gehässigen Kollegen vom Fach waren seine Finger fühllos und verkrampft. Zwei Francs fünfzig hatte er verdient.

Dann hatte er auf der Straße Prospekte verteilt. Das war eine Arbeit für mittellose Rentner. Rabe wartete, ohne daran zu glauben, auf den Zufall, der ihn dem Elend entreißen würde. In der Zwischenzeit hielt er es für besser, nichts zu tun und den kleinen Gelegenheiten des Tages aufzulauern.

Er nahm den lädierten Schemel und setzte sich wieder ans Feuer. Er stellte Menus zusammen, das unterhielt ihn.

»Wenn ich Geld hätte«, dachte er, »äße ich zunächst mal ein saftiges, ganz rotes Beefsteak mit Pommes frites. Vorher würde ich ein Dutzend Austern schlürfen. Wäre ich verheiratet, würde ich jeden Tag zu Hause essen. Meine Frau müßte mir Hasenpastete in Blätterteig machen, so wie früher zu Hause, als ich noch jung war und ein Zuhause hatte. Obwohl das eigentlich auch nicht mein Zuhause war, denn das Haus gehörte meinem Vormund. Ein kleiner Unterschied, den ich schon mit sieben Jahren begriffen habe. Hätte ich regelmäßige Einkünfte, wäre es mein größtes Vergnügen, Sonntag morgens im Bett die Zeitung zu lesen. Ich würde meinen Hund ausführen und hinterher auf einen Apéritif zu Masuccio gehen. Ich würde einen sportlichen Anzug tragen: Hemd aus Norfolkgarn, die Hose auch, dazu gelbe Schuhe. Hut aus dem gleichen Tuch wie der Anzug. Eine Zweizimmerwohnung würde mir reichen, ein Schlafzimmer und ein Arbeitszimmer. Und dann würde ich einen Roman schreiben.«

Bei dieser letzten Hypothese hielt er inne und suchte angestrengt nach einem Thema für diesen Roman. Wie von selbst schweiften seine Gedanken zurück und er durchlief noch einmal die Stationen seines bisherigen Wegs: Béthune sah er wieder, Le Havre, Amsterdam, Volendam, Hamburg, Marseille, Florenz, Rom, Neapel, Palermo und Tunis.

In all diesen Städten kannte er das französische Konsulat. Und dann die Kaserne in Châlons! Liebe Güte! Er hatte die Kaserne in Châlons vergessen, das 156. Infanterieregiment und seinen Musikzug, der ihn und die anderen Einberufenen am Bahnhof von Mourmelon erwartet hatte. Er konnte sich noch daran erinnern, daß an jenem Tage ein neues

Leben begann und er noch nicht einmal die hundert Sous in der Tasche hatte, um seinen Einstand zu geben. Ein lächerliches System von Kordeln hielt seine Hose auf den Hüften. Und zwischen Militärbaracken ging er hinter der Musik her, die *T'auras du boudin!* spielte, während er dem Augenblick entgegenfieberte, da er die Uniform anlegen könnte, die mit einem Male sein Elend und die Schmach dieses Elends bedecken würde.

Bei Frédérics schleppendem Gang sah er wieder auf. Der »Boss«, wie Rabe ihn nannte, trat ans Feuer und steckte abermals seine Pfeife an. Dann richtete er sich auf und betrachtete Rabe aus seinen kleinen, hellen, ungewöhnlich lebhaften Augen. Er sagte:

»Ich habe noch nie so viel Schnee gesehen. Verstehst du, was ich meine? Noch nie so viel Schnee.«

Er setzte sich auf eine Bank neben dem Feuer und stocherte mit dem Schürhaken darin herum.

»Noch nie«, wiederholte er.

»Hör mal«, sagte Rabe, »hast du Boguet gesehen? Oder Combaldi? Der läßt sich überhaupt nicht mehr blicken, ist wohl abgehauen. Rose Blanche, kommt die noch?«

»Wahrscheinlich. Gestern war sie noch hier.«

»Nicht gerade viel«, meinte Rabe.

»Das ist gar nichts«, sagte der Boss und ließ den Kopf hängen.

»Weiß man inzwischen, wer den kleinen Merlin umgebracht hat?«

»Nein.«

»Georges ist auch tot.«

»Vierzig Messerstiche. Er war durchlöchert wie ein Sieb. Sein Hund lag neben ihm. Ebenso erstochen.«

»Wo war das?«

»Ich weiß nicht, irgendwo beim Boulevard Barbès . . . In der Gegend bin ich noch nie gewesen.«

Der Boss stand auf und holte sein Cello aus der Ecke hervor. Sacht glitt er mit dem Bogen über die Saiten. Sein gedämpftes Spiel schien den Schneefall begleiten zu wollen.

»Wenn das nicht bald aufhört«, meinte Rabe, »ist dein Laden morgen früh zugeschneit.«

Der Boss sprang auf, ging zu der kleinen Treppe und beugte sich in die Küche hinunter:

»Einer muß dem alten Barbette Bescheid geben, damit er morgen früh den Schnee wegschaufelt!«

Dann setzte er sich wieder neben Rabe.

»Und du, was machst du so?«

»Ach!« antwortete Rabe, »mir geht's eher schlecht. Ich habe einen Freund in Le Havre, Herbert Frank. Du müßtest ihn eigentlich kennen.«

»Ich weiß, wen du meinst.«

»Frank arbeitet gerade bei einem Schiffsmakler. Er soll mir eine Stelle als Buchhalter – ich und Buchhalter! – auf einem Frachtdampfer besorgen, der Wein nach England, Holland, Dänemark, Schweden und Norwegen bringt. Für mich springen dabei zwei oder drei Monate heraus.«

»Ich kenne die Schweden«, meinte der Boss, »anständige Leute, das sind Männer, kann ich dir sagen!«

»Nun ja, immerhin wenigstens zwei Monate.« Rabe lief der Speichel bitter im Munde zusammen.

»Möchtest du ein Brot?« fragte Frédéric.

»Warum nicht?« antwortete Rabe, der vor Hunger umkam, es sich aber nicht anmerken lassen wollte, »das ist 'mal 'ne gute Idee, Boss. Ich zahl's beim . . .«

Der Boss ließ ihn nicht ausreden. Er stieg in die Küche hinunter, öffnete die Anrichte, schnitt eine Scheibe Brot ab und bestrich sie großzügig mit herzhaften Rillettes.

Er brachte Rabe das Brot, ging dann wieder nach unten, um zwei Gläser und eine Flasche Rotwein zu holen. Nachdem er beide Gläser gefüllt hatte, nahm Frédéric das seine zwischen die Hände, als wolle er es wärmen, und streckte sich halb über die Holzbank.

»Nun hör mal gut zu, was ich dir sage: für einen Reichen ist es schick, Hunger zu haben. Er kann ruhig sagen: Ich habe Hunger, und alle Welt findet das sympathisch. Aber du oder irgendwer, sobald du arm bist, darfst du mit deinem Hunger nicht mehr prahlen. Das sieht nicht gut aus. Verstehst du?«

Jean Rabe antwortete nicht. Er aß sein Brot und spannte seine Sinne, um den Geschmack dessen, was er aß, ganz auskosten zu können.

»Recht hast du«, meinte er mit vollem Munde.

Dann trank er sein Glas, die innere Flamme lebte wieder auf und brachte sein Gesicht zum Glühen.

»Aah!« machte Rabe jubilierend und stand auf, um seine Muskeln zu strecken, »noch so einen, und der Abend ist für mich gelaufen.«

»Ich mache heute früh zu«, sagte der Boss, »denn jetzt kommt doch keiner mehr. Der Schnee scheint aufgehört zu haben. Der Schnee, das ist die Gesundheit der Erde.«

»Ja«, sagte Rabe, »der Schnee verpaßt dem Elend eine zutiefst rührende Kulisse. Ein Elender im Schnee hat noch einen sozialen Wert, ein Elender in der Sonne ist schon der letzte Dreck.«

Der Boss seufzte und schlurfte ohne zu antworten wieder in die kleine Stube hinunter. Aus der Küche hörte man das Geschepper von Kochtöpfen. Eine Stimme sagte: »Jetzt kommt keiner mehr.«

In diesem Augenblick flog die Tür auf, und es erschien ein junger Mann. Er lächelte aus seinem rosigen Gesicht, und die Nase war rot vor Kälte.

»Um diese Zeit kommst du also«, sagte der Wirt und streckte ihm die Hand entgegen. »Komm hoch in die große Stube. Rabe sitzt oben am Feuer.«

»Guten Tag, Frédéric«, sagte der junge Mann mit freundlicher Stimme. »Du bräuchtest Doppelfenster, um dich vor dieser Lawine zu schützen.«

»Wie spät ist es?« fragte Frédéric.

»Halb zwölf.«

»Ich mach dir einen weißen Glühwein mit Zitrone, ja? Mit Zitrone. Geh schon mal hoch ans Feuer.«

Der junge Mann trat in die große Stube und reichte Jean Rabe die Hand.

Er war ein großer blonder, recht vornehm wirkender Bursche und glich einer Zeichnung von Renée Saintenis. Er trug einen sauberen, sehr teuren Anzug. Ein paar Farbkleckse auf dem schweren Mantel verrieten seinen Beruf. Seinen kleinen Hut aus grünlichem Stoff hatte er in den Nacken geschoben. Eine Haarsträhne fiel ihm, obwohl er sie immer wieder mit geübter Geste zurückstrich, über die Nase.

Er streckte die langen Beine aus und ließ seine gelben Stiefeletten sehen. Sie waren ganz neu und hatten dicke Sohlen.

Jean Rabe betrachtete dies Schuhwerk mit einer knabenhaften Bewunderung, gegen die er nicht einmal mehr innerlich zu protestieren wagte.

»Trinken Sie einen auf mich?« fragte der große Blonde. »Du auch, Frédéric, trink ein Glas Wein mit uns. Wie sang doch Khayyam?« – Er rezitierte:

TRINK WEIN
Denn lange währt dein Schlaf in tönerner Erde
Ohne Vertrauten oder Freund, ohne Kameraden, ohne Weib.
Hüte dies Geheimnis und verrat es nimmermehr,
Die welken Tulpen erblühen nicht wieder.

3

Der junge Deutsche, Michel Kraus mit Namen, zupfte seinen Krawattenknoten zurecht, zog dabei eine recht drollige Grimasse und schob die Zunge zwischen den Lippen vor.

»Schicksal«, meinte er, »ist ein anderes Wort für Hickser.« Er lachte kurz auf und leerte sein Glas in einem Zug.

»So weit wären wir nun«, antwortete Rabe und stocherte im Feuer.

»He, laß das Feuer in Ruhe«, rief der Wirt, »man muß das Holz nur zu einer Pyramide auftürmen und etwas Luft drunter lassen. Das Feuer mag die Spitzen.«

»Alle Kräfte mögen die Spitzen«, sagte Michel Kraus: »der Gedanke mag die Stahlspitze der Feder, der Blitz die Platinspitze des Blitzableiters, und die Sinnlichkeit fließt in die Fingerspitzen; die federleichte Tänzerin erhebt sich auf die Fußspitzen, und auf den Berggipfeln der Welt flattern die Fahnen, der Stolz der Europäer.«

Und ohne Übergang zu einem anderen Thema seufzte er und redete weiter.

»Wir sind drei Männer inmitten einer aufmerksamen Stille am Weltende. Die Luft überträgt den Schall nicht mehr. Wohl sehen wir die Savoyardin, wie sie sich schwungvoll fortbewegt in ihrer Rüstung, doch hören wir nur die alten Klänge, die das Gedächtnis aufbewahrt hat, wenn die Bewegung sie uns wiedergibt . . .«

»Es schneit seit zwei Tagen. Ich habe nach Berlin telefoniert und erfahren, daß es auch dort schneit. Seit zwei Tagen höre ich von nichts mehr als von meiner Vergangenheit, und wer nur noch von seiner Vergangenheit hört, ist ein armes Schwein. *Es ist Mist*«, sagte er auf deutsch. »Heute nacht wollte ich eigentlich nicht mehr ausgehen. In meinem Atelier war es warm wie im Inneren eines Bauches. Ich hatte meine weißen Vorhänge zugezogen, um jeden Kontakt mit dem Schweigen der Straße, mit dem Schweigen aller Straßen abzubrechen. Doch das Schweigen kam unter der Tür hindurchgekrochen, und mit ihm meine Vergangenheit und, was nur logisch war, die Vergangenheit meiner Rasse, die Vergangenheit der ganzen Welt.

Ich fühlte mich nicht stark genug, diese Invasion in mich aufzusaugen und sie mit Erlaubnis jenes höheren Wesens, das ich bewohne, zu verdauen, ich Ärmster, ich unendlich Kleiner, dem Kommunismus verhaftet durch die Bedürfnisse eines Organismus, in dem auch die Erde nur eine von zahllosen Zellen ist.

Ich fühlte mich allen ausgesetzt in einer Landschaft des Fleisches, einer Landschaft, in der die Kräuter und die Bäume tatsächlich nicht mehr sind als Auswüchse des Fleisches, wie man sie bei bestimmten Krankheiten feststellen kann. Gewiß ist es möglich, in einer solchen Welt zu leben, schließlich gedeihen wir in ihr, aber man darf es sich nicht immerzu vorsagen, denn allzu oft wiederholt wird diese Vorstellung plastisch, und am Ende ekeln wir uns vor dem Fleisch. Gerade deswegen gibt es ja auch vegetarische Restaurants. In Wirklichkeit bereiten wir die Nahrung mit Worten zu. Dies jedenfalls meint meine Freundin Else, mit der ich bei Jullian male. Sie identifiziert sich auch immer mehr mit dem Kraut, welches dem Fleisch, was für ein obszönes Wort, soviel wie gute Gesellschaft bedeutet. Ich habe Walt Whitman gelesen, um bei ihm die Vorstellung einer Gesellschaft zu finden, die aufrichtig vegetarisch wäre. Die Bilder, die ich schuf, fand ich nirgendwo. Allzu leicht folgt die Welt dem Drang meiner Träume, allzu schnell macht sie sich meinen Wünschen untertan. Ich wollte, daß die Natur sich gegen meine Hypothesen auflehnte. Gerne würde ich mit Else in einem Wald spazierengehen, vielleicht im Wald von Huelgoat in der Bretagne, und *vor Zeugen* den Schrei der Bäume vernehmen: ›Wir sind Holz, wir sind Kraut, wir sind ehrliches Gewächs und haben nichts gemein mit dem Fleisch eines maßlosen Intellektuellen, dessen Ideen schwerer wiegen als alle bekannten und von unendlichen Mächten noch multiplizierten Kosmogonien zusammen.‹

Manchmal, wenn Else so blond und groß neben mir liegt, und alle Glocken des Äthers in unserem gemeinsamen Kopf widerhallen, dann will es uns so scheinen, als könnten wir zwischen den Schwingungen der Glockentöne das harmonische Klagelied des Windes vernehmen.

›Das ist das Klagelied eines echten Baumes‹, sage ich ihr. ›Wie die Klage eines Kindes im Walde.‹

Das Wort Kind verdirbt alles. Wir sind unfähig, eine Welt zu ersinnen, in der das Leben nicht mit unseren althergebrachten, jahrhundertealten Vorstellungen vom Fleische verschmölze.

Weit und breit sehe ich nichts, das uns von jener wahnwitzigen Idee abbringen könnte, nach der wir alle, ob nun eine Rose, ob Else oder ein Ochse, nichts anderes sind als Zubehör der Masse Fleisch, die ihrerseits auch nur ein verschwindend kleiner Teil einer anderen und noch furchtbareren, weil intelligenten Masse Fleisch ist.«

»Für mich hat Fleisch nichts Ekelhaftes«, meinte Rabe, »aber du, Michel, du hast in deinem Leben schon zu viel gegessen, und jetzt bist du gestraft. Wenn ich, wie du, an Fleisch denke, dann geht das Bild und das Gewicht über ein drei- oder vierpfündiges Beefsteak nicht hinaus.«

»Ich habe auch nicht immer wie ein Ehrenmann essen können«, fuhr Michel Kraus fort, »doch ist die Erinnerung daran aus meinem Gedächtnis verbannt. Rund um den Holzturm zu Mainz indes führte ich vor gar nicht so langer Zeit noch vor allen Leuten den Veitstanz des Hungers auf. Eines Tages begegnete mir ein kleines Mädchen in weißer Schürze, das mir ein Stück Brot hinhielt. Ich nahm das Brot, warf es in den Bach, das Gör machte sich davon und wiegelte das ganze Viertel gegen mich auf. Zwei völlig betrunkene Dragoner wollten sich in den Skandal einmischen, brachten meine Verfolger aber so durcheinander, daß ich ihnen entkommen konnte. Ich rannte ohne anzuhalten quer durch die Stadt bis zum Römerwall hinauf; dort preßte ich meine Hand aufs Herz, um sein Schlagen zu erdrücken, und suchte nach einem romantischen Ausweg aus dieser mißlichen Lage.

Dann fing ich bei einem Musikalienhändler an und verkaufte den kleinen Modistinnen und den Fräuleins aus den Geschäften der Ludwigstraße und der Schillerstraße Lieder. Ich war nunmehr befreit von der Furcht, einem kleinen Mädchen mit weißer Schürze zu begegnen, das mir eine Scheibe Brot als Almosen hinhielt.«

»Wahrscheinlich«, sagte Rabe, »waren Sie immer noch anständig gekleidet.«

»Meine Kleider waren sauber«, antwortete Michel Kraus.

»Das erklärt alles«, schloß Rabe mit einem bitteren Lächeln.

»Wir an den Ufern des Rheins, auf uns hat die Natur im Frühling den gleichen Einfluß wie auf Pflanzen. Mädchen und Jungen tun sich zusammen, und Hand in Hand, den Rucksack umgeschnürt und die Gitarre oder Mandoline quer vorm Bauch, gehen sie los, die ersten Feldblumen an der Lorelei zu pflücken. Ein kleiner Pfad führt durch Gebüsch hinan, und singend kann man auf den Fluß und die vielen kleinen Dörfer hinabblicken, die sich von oben, vom Felsen aus betrachtet, seit Albrecht Dürers Zeiten nicht verändert haben. Zuletzt zeigte sich die Lorelei mit den bezaubernden Zügen einer französischen Demoiselle, die man Fräulein Lantelme rief. Ihr kennt die Geschichte. Ihr Tod fiel zusammen mit dem Parademarsch eines Infanterieregiments durch die Hauptstraße von Boppard. Querpfeifen und Tamburine spielten einen apollinischen Marsch. Ein

Lohengrin im Rang eines Obersten befehligte die Truppe. Kinder mit schäbigen roséweinroten oder tief spinatgrünen Schirmmützen, beide Farben mit einer blaßgelben Bordüre, liefen mit dem Zug und bildeten ein hoffnungsfrohes Spalier.

Oft habe ich mir zusammen mit Lotte Bruni, die damals meine liebste Freundin war, das zarte, anmutige Bild dieses hübschen Mädchens in Erinnerung gerufen, das wohl deshalb in den Rhein gegangen ist, weil Tradition und Autorität der Legende es so wollten. Der Tod dieses Fräuleins brachte mich in der Malerei auf den Geschmack an Landschaften, denen ich ganz nach Laune persönliche Momente hinzufügte. Doch zunächst einmal malte ich Landschaften, während die ganz verzückte Lotte Bruni aus einem Buch mit dem Titel *Fanny Hill* Englisch lernte. Das war nicht immer leicht, und oft stiegen dem armen Kind die Tränen in die Augen.

Ich malte, und hinter jedem Baum des Waldes versteckte ich eines meiner geheimen Gesichter. Abends, wenn ich in mein kleines Atelier nach Biebrich zurückkehrte, belebte sich der Wald auf meinen Bildern, und er war schauerlich wie für den Reisenden in der Zeit, als noch Schinderhannes und seine Gesellen an den Wegen und Straßen lauerten.

Ich begriff damals, daß ich in mir ein ausgezeichnetes Gespür für den Tod trug und daß ich niemals wieder würde sehen können, ohne gleich auf die Drohung zu deuten, die sich noch hinter dem lautersten Ding verborgen hält. Ein einziger Blick, und ich konnte mir eine Angst einjagen, deren die anderen Menschen unfähig sind. Diese spezielle Begabung erlaubte es mir, die verborgensten Seiten aller Dinge zu entdecken, in denen der Mord sich den Blicken entzieht, und eine unwiderstehliche Begeisterung für meine Kunst ergriff mich.

Eines Tages, ich hatte gerade unweit von Höchst, im

Frankfurter Hinterland, ein Bild beendet, spürte ich, als ich zu Hause angekommen die Leinwand betrachtete, daß die geheime Ausstrahlung des Bildes einzig von einem Brunnen ausging, den ich nur ganz flüchtig, wie ein amüsantes Detail, skizziert hatte, ohne ihm besonderes Gewicht in der Komposition zu geben. Gleich einem perfiden, klebrigen Geruch strömte Angst aus diesem Brunnen. Ich entschloß mich zu einem einschneidenden Experiment.

Ich begab mich aufs Polizeirevier.

›Mein Herr‹, sagte ich zu dem Kommissar, ›ich habe heute morgen eine Studie hingeworfen, und dies an einem Ort, den ich, nach reiflicher Überlegung und, was Sie interessieren wird, in Ihrer Begleitung, gerne noch einmal aufsuchen würde. Ich mache keine schlechten Witze, das wäre auch zu dumm, denn schließlich begebe ich mich ja in Ihre Hand, wenn ich Sie begleite. Eine innere Kraft drängt mich, Ihnen dies vorzutragen. Ich habe die Gewißheit, daß Sie es nicht bereuen werden, mir Glauben geschenkt zu haben.‹ Ein deutscher Polizeikommissar kann den Reizen einer Dienstreise, die ihm eine solcherart vorgebrachte Angelegenheit zu versprechen scheint, einfach nicht widerstehen. Er befahl einem Beamten, uns zu begleiten, und zu dritt bestiegen wir ein per Telefon herbeigerufenes Taxi.

Während der Fahrt stellte der Kommissar viele Fragen zu meiner Familie. Mein verstorbener Vater war Militärarzt. Auf diese gute Nachricht hin beehrte mich der Kommissar mit einer riesigen, gut parfümierten, im Tabak aber faden Zigarre.

Nach einer Stunde Wegs entstiegen wir dem Automobil, und ich führte den Kommissar mit dem Polizeibeamten an die Stelle, die ich auf die Leinwand gebracht hatte. Unsere Ankunft hatte Neugier erregt: als wir den Brunnen erreichten, folgten uns gut zwanzig Personen. Der Brunnen war nur noch eine Ruine und lag in der Nähe eines Hauses, das in recht gutem Zustand war, aber, wie uns gesagt wurde, schon seit Monaten nicht mehr bewohnt wurde. Der Besitzer des Hauses war, soweit sich dies feststellen ließ, ein Elektriker namens Zweifel. Manchmal im Winter, meist aber im Sommer, pflegte er dort einige Monate zu verbringen. Er kam dann mit seinem Motorrad. Man sah ihn recht selten in dieser Gegend, und alle Welt glaubte, er arbeite in Frankfurt. Nachdem diese Auskünfte eingeholt waren, bat ich den Kommissar, jemanden in den Brunnen hinabsteigen zu lassen. Es meldete sich ein Maurer. Vorsichtshalber band man ihm eine Kordel um den Leib. Doch der Brunnen war nicht tief, und so stand er nur bis zum Gürtel im Wasser. Mit einem Spachtel schabte er über den Grund, dieweil wir uns in ängstlicher Erwartung der Ergebnisse über den Rand beugten. Nach und nach beförderte der Maurer einen alten Eimer, einen zerbeulten Korb und einen fürchterlich entstellten menschlichen Kopf nach oben. Es war ein rothaariger Kopf.«

»Hatten Sie ein Schwein!« sagte Rabe.

»Ich erspare Ihnen die Einzelheiten der Untersuchung und des vermuteten Tathergangs. Von diesem Tage an malte ich in gewisser Weise für die Polizei. Ich bezog Geld vom Innenministerium und brauchte nur meiner Kunst nachzugehen, um die Behörde auf Dinge hinzuweisen, die augenscheinlich ganz harmlos waren, die aber, einmal auf die Leinwand gebracht, die geheimsten und fürchterlichsten Auswüchse der Gesellschaft zutage fördern konnten.

Ich kam nach Frankreich, um meinem Schicksal zu entfliehen.« Michel Kraus griff sich mit beiden Händen an den Kopf: »Noch in der Rose würde ich ein Verbrechen sehen.« Er hörte nicht auf zu stöhnen.

»Könnten Sie mir hundert Sous leihen?« fragte Rabe mit rauher Stimme und einer Lässigkeit, die ihm indes nicht recht gelingen wollte.

Michel Kraus unterbrach das Lamento auf sein Leben. Aus der Westentasche kramte er ein Fünffrancstück hervor, das er Rabe wortlos hinhielt.

Dieser, ein wenig verblüfft über seinen Erfolg, interessierte sich nunmehr ganz ernsthaft für das Schicksal seines Kameraden.

»An Ihrer Stelle würde ich mit der Malerei aufhören.«

»Mit der Malerei aufhören! Sie raten mir, mit der Malerei aufzuhören, das soll wohl ein Scherz sein? Ich habe alles geopfert, um malen zu können, und Sie können sich gar nicht vorstellen, was für ein Leben ich führe, um meine Bestimmung zu erfüllen . . . Ich habe . . .«

Er hielt inne und sah um sich. Der Wind bewegte den Vorhang an der Eingangstür zur Kneipe. Interessiert betrachtete Michel Kraus den Vorhang. Er schien auf irgendein Geräusch zu horchen. Sein Kopf neigte sich zu Rabes Ohr hin, und er machte ihm ein Geständnis:

»Ich bin Maler, das verstehen Sie doch, aber mein eigenes Porträt will ich nicht zeichnen . . . Wie könnte ich jetzt noch mein Bildnis ertragen, und diese Augen, die im Dienste der Polizei stehen? . . .«

»Oh Gott!« meinte Rabe und senkte den Kopf.

»So«, machte der Boss, »jetzt kommt keiner mehr. Aber ich gebe euch noch eine letzte Flasche aus, und dann geht's ab ins Bett.«

Rabe befühlte das Fünffrancstück in seiner Tasche, und vor seinen Augen erstrahlte schon die Hausnummer des Hotels, ganz gewiß das in der Rue Dancourt, wenn da noch ein Zimmer frei wäre, in dem er die Nacht verbringen würde. Auf jeden Fall war die Nacht gesichert, und so atmete seine ganze Person nur noch Milde gegen den Gauner, der auf einem kaputten Strohhocker hin- und herschaukelte.

4

Eine Hand schlug den Vorhang auf, und in der Tür erschien ein Soldat, natürlich schneebedeckt. Niemand hatte ihn kommen gehört.

»Wir machen zu«, rief der Boss.

»Heh«, machte der Soldat, »hier ist doch wohl noch Platz am Feuer fürn Kumpel von der Kolonialarmee. Mir steckt der Schnee im Nacken, in den Latschen und tief im hohlen Bauch. So transportiert man Fleisch quer durch die Tropen, ohne daß es schlecht wird.«

»Na komm, setz dich ans Feuer. Was willst du trinken?«

»Wein«, sagte der Soldat.

»Dann trink ein Glas mit uns. Die Runde geht auf mich.«

»Und die nächste auf mich«, rief der Soldat ganz begeistert.

»Ich hol dir ein Glas.«

Frédéric hielt einen Span an die Pfeife, dann ging er runter und holte eine Flasche aus dem Wandschrank. Das war sein Weinkeller.

Der Soldat setzte sich höflich neben Jean Rabe, der ihm Platz machte. Er trug die Uniform der Kolonialinfanterie. Auf seinen Epauletten türmte sich der Schnee wie auf zwei kleinen Dächern.

Auch er war noch ein junger Mann, dessen Gesicht irgendein Unglück geadelt hatte.

Jean Rabe versuchte sich eine Vorstellung von diesem Unglück zu machen, denn schließlich wurde dieser junge Mann ja noch einigermaßen anständig ernährt, und sein Bett war gewiß immer noch nicht so traurig wie das, in dem Rabe heute nacht schlafen würde.

Beim Trinken hielt der Soldat sein Glas auf Augenhöhe;

dann fuhr er, sich auf die Oberlippe beißend, über die kurzen Schnurrbartspitzen.

»Ach so was! Wenn mir einer gesagt hätte, daß ich heut abend noch mit euch zusammenkommen würde, ich hätte es nie und nimmer geglaubt. Ich weiß auch gar nicht, wie's mich hierher verschlagen hat. Ich war ganz in Gedanken, ging immer der Nase nach. Ich werd' hier in der Gegend doch wohl ein billiges Hotel für die Nacht auftreiben? Ihr kennt euch doch aus im Viertel, oder? Ach, und keine Schnecke auf fünfzehn Meter Richtung Horizont anzupeilen.«

»Hier sind keine Schnecken.« Der Wirt nahm die Pfeife aus dem Mund.

Der Soldat lächelte wie jemand, der nicht recht verstanden hat.

»Ich wollte niemandem auf den Schlips treten«, meinte er schließlich.

»Ich hab' nicht gesagt, daß du jemand auf den Schlips treten wolltest«, antwortete der Wirt, »das war nur ein Hinweis. Hier gibt's nur Künstler.«

»Ah!« machte der Soldat, »na, dann hol uns noch eine Flasche.«

»Sie waren im Feld?« fragte Rabe.

»Ich komme gerade aus Marokko. Ich war bei der Kolonne und hab Lametta mitgebracht, da, gucken Sie mal: *Beni Snassen*, Prost!«

Man trank. Der junge Deutsche schien aufbrechen zu wollen. Er sah den Soldaten an und erregte sich: »Sie haben einen sympathischen Kopf. Aber Sie könnten mir zehntausend Francs geben, verstehen Sie, zehntausend, und ich würde Sie doch nicht porträtieren. Sie sind einfach zu sympathisch.«

»Kommt er mir blöde?« fragte der Soldat und stand auf.

»Er ist ganz einfach betrunken«, antwortete Rabe. Er

packte den Soldaten fest am Arm und drückte ihn auf die Bank zurück.

»Da, trink einen mit, Kamerad!« Der Soldat reichte Michel Kraus ein Glas, das dieser in einem Zug austrank.

»Sie werden kaum verstehen, warum Herr Kraus Sie nicht porträtieren will. Die Aufregung verwirrt seine Sätze. Sie haben getötet, das ist alles.«

»Natürlich«, meinte der Soldat, »dafür krieg' ich ja meinen Sold, und dann auch noch fürs Marschieren und Wacheschieben. Wenn man's genau bedenkt, dann sind wir eher dazu da, getötet zu werden. Getötet werden, das hat einen ganz anderen Wert als Töten. Das Töten geht einem so schnell von der Hand, daß man es gar nicht merkt. Es braucht schon unerhört viel Kaltschnäuzigkeit, will man sein Gewehr im Zaum halten. Es gibt Tage, da sag ich mir: Hör zu, Alter, du bist nur ein Soldat. Es gibt welche, denen das nicht viel bedeutet. Man zieht über uns her, man lobt uns über den grünen Klee, vorausgesetzt unsere Anwesenheit sprengt nicht die engen Grenzen, in die man uns pfercht. Kaum einer will uns öfter als zwei oder dreimal im Jahr sehen. Wohlgemerkt, ich spreche von den Berufssoldaten; die anderen sind immer nur verkleidete Zivilisten. Ein paar von denen passen sich den Bräuchen unserer Kaste ganz gut an, aber das auch nur, um angeben zu können oder die Zeit zu vertreiben. Und es kostet sie nicht mehr als zwei Dienstjahre in der Metropole.

Was uns beherrscht, der Gott, der uns all seinen Launen unterwirft, das ist der *Koller* oder der *Katzenjammer.* Heute abend ist es zum Beispiel der Katzenjammer. Warum? Ich wüßte es kaum zu sagen. Der Schnee vielleicht. Alles ist möglich. Lustlos gibt man sein Geld aus. Was soll man da erklären, das hat keinen Zweck, aber man muß davon sprechen. Es tut gut, zu sagen: ›Ich habe einen Koller.‹ Es müssen sich so viele wie möglich davon überzeugen können.

Der Koller braucht Reklame, sagt man. Der Soldat, der einen Koller hat, hätte am liebsten ein Lämpchen an seiner Mütze, eines, das bunt aufleuchtet, so daß alle, die ihm begegnen, sich sagen können: ›Sieh da, dieser Soldat hat einen Koller!‹. Idiotisch, aber so ist es nun mal. Das ganze Leben des Berufssoldaten findet also unter der Schädeldecke statt. Ausgenommen die zehn Prozent Typen ohne Koller, die sich eine Adjutantenrente ergattern wollen.

Und ist einer dann Adjutant, ist er noch lange nicht davor sicher, sich zum Hanswurst zu machen. Er heiratet ein Flittchen, das gerade aus dem Knast kommt, ölt sich die Maschine mit Absinth und wird zum wandelnden Destillationskolben, schäbig und knatschig, mit gut zwei Dutzend vorfabrizierten Ideen über den äußeren Anschein von Disziplin.

Bevor ich zur Kolonialarmee kam, wollte ich zeichnen. Ich arbeitete in einem Laden, der Dekorationsstoffe fabriziert, zeichnete aber für mich selbst. Ich habe auch ein bißchen aquarelliert, ganz gut sogar. Ich zeichne immer noch, manchmal, aber ohne festes Ziel . . ., denn die Kraft, die mich dazu trieb, steht jetzt ganz im Dienste des Kollers. Der Koller setzt große Energien frei, er inspiriert aktiv, das heißt, er ist unfruchtbar. In der Kunst zählt natürlich nur die passive Inspiration, denn nur sie kann zur aktiven Schöpfung führen. Ich drücke mich schlecht aus, aber ich weiß schon, was ich meine.«

»Heute abend wissen wir alle, was wir meinen«, sagte Rabe. »Die beiden Seelen in uns unterhalten sich, Dr. Jekyll und Mr. Hyde.«

»Wir Berufssoldaten«, fuhr der Kolonialinfanterist fort, »wir sind nur Gespenster. Unser Korpsgeist, das ist die Ausrüstung und zwei, drei bunte Wollfetzen. Wir glauben immer, alle Welt blicke auf den roten Wollanker an unseren Mützen. Die Welt schert sich recht wenig um diesen Schmuck.

Eine innere Flamme belebt unser Abenteurer- und Kasernendasein, sie wirft ihr Licht auf unseren eigentlich soldatischen Charakter. Bis auf ein paar Dutzend Kadetten sind wir Gaukler im Märchenreich unserer Phantasien. Der Wein hißt tausend Fähnchen in unseren Träumen, und die Schlager in den Tanzcafés haben uns über unseren Schatten springen lassen. Die Haut hängt an unseren Hosenträgern, und die Seele hängt an Mademoiselle Mistinguett, deren Stimme unsere Disziplin über den Haufen wirft: so folgen wir den acht Hörnern an der Spitze des Bataillons, die uns auf dem Wege durch exotische Kaffs den kompletten Reigen der Märsche gen Süden blasen.

Hinter dem Pferd des Kommandanten marschieren dreihundert Einzelkoller an der Leine des Anstands, wie ihn das Protokoll zur Einhaltung der Harmonie in einem Bataillon auf Geländemarsch notwendig vorschreibt.

Lange Zeit, ich fand damals noch Verwendung als Telegrafist in einem Posten mit fünfzig senegalesischen Infanteristen, hatte ich Gelegenheit, den Koller, diesen geheimen Stolz des kämpfenden Soldaten, zu hegen und nach Herzenslust zu pflegen. Ein Armeebediensteter verwechselt den Koller mit Neurasthenie, Ruhr oder Faulheit. Der wahre Koller aber legt seine riesigen bunten Eier nur ins Hirn des Kämpfers. Im Dunkeln ausgebrütet, platzen diese Eier wie eine sechsschweifige Leuchtrakete, eines für jede Spektralfarbe. Die Raketen zischen hoch, zerplatzen im Zenith und beklirren die kristallinen Wände der Kasernen mit den beliebtesten Schlagern; unmöglich können da jene Wände dem hehren Verlangen all der besessenen Soldaten Einhalt gebieten.

Zu Beginn der Ausbildung wimmert der Koller, faucht und knurrt; er zieht durch die Kneipen, entstellt den Frauen das Gesicht und bringt seinen Mann in die Arrestzelle, von der man Besserung erhofft.

Dort finden sich dann zehn Koller zu einem edelmütigen Chor zusammengesperrt, wie man ihn in den Jodelklubs der deutschen Schweiz hören kann. Man tritt gegen die Holzverschläge, und eine gemeine dunkle Macht gleitet unter der Tür hindurch, verbreitet eine ganz verdrehte kindische Ausgelassenheit in der Kaserne oder im Lager. Jeder sucht den Nachbarn an Tollheit noch zu übertreffen. Doch liegt in jeder menschlichen Tollheit etwas irgendwie Feines, was das Herz erquickt, und am Ende bereichert sie den geheiligten Schatz der Korps- oder Regimentstraditionen.

Ich habe den Koller eingehend studiert, und deshalb habe ich mich vor kaum sechs Monaten, noch vor meiner Rückkehr aus Tongking, dazu entschlossen, ihn als eine Wissenschaft und als eine Kunst zu betrachten, in der ich die Novizen unterweisen könnte, einmal, um mir ein paar zusätzliche Einkünfte zu verschaffen, und sodann, um meinen Namen: Marcel Launois mit einem großen Werke zu verbinden, das einen wenn auch nur geringen Anteil an der soldatischen Metaphysik hat.

In der Einsamkeit eines Wachkorps, als alle im Schatten einer Bougainvillea, der auf die Tür des Postenhäuschens fiel, schnarchten, hatte ich Muße, dieses Projekt zu überdenken und ihm den letzten Schliff zu geben, damit es auch ansprechend präsentiert werden konnte.

Als ich mein System im Griff hatte, begann ich, Schüler, vornehmlich junge Soldaten, auszuwählen; ich fand sie in den Truppenkontingenten, die uns aus den Straflagern überstellt wurden. Es traten aber auch Ehemalige auf mich zu, die die Eleganz meines Kurses zu schätzen wußten und um Unterweisung baten. Wie es die Regel ist, waren die Älteren schwerer zu unterrichten als die Jüngeren. Fast alle hatten schon wüste Kollerstudien hinter sich und gewissermaßen schlechte Kollergewohnheiten angenommen. Sie verschwendeten, indem sie sich unnötig exponierten, ungeheure Kräfte. Es galt, dem erhabenen Sehnen des Kollers ein erreichbares Ziel zu stecken.

Ich hielt meine Kurse in einer Kneipe, der eine Mieze namens Incarnacion vorstand. Wir soffen den Wein wie Noah im Weinberg. Und in der Hoffnung, das legendäre Wunder möge sich wiederholen, stießen wir die Bajonette in die englischgrün gestrichenen Holztische, daß sie nur so zitterten. Dann klangen sie wie die Saiten der Lyra. Das war das Propädeutikum. Danach sprengten wir durchs Negerviertel, wo wir uns mit Legionären trafen, die früher beim Regiment gewesen waren. Wir vermöbelten die Muselmänner, und wenn's ging, organisierten wir uns Kohle bei den Töchtern der Aphrodite. Das ging nicht immer ohne Schreie und Tränen vonstatten. Oft mußten wir vor einer Zuaven- oder Infanteristenpatrouille Reißaus nehmen.

Sie müssen entschuldigen, meine Herren, aber für einen echten Marinesoldaten überkreuzen und vermischen sich Asien, Afrika, Ozeanien und Amerika wie die Mädels der nationalen Tanztruppe im Fürstentum Moulin-Rouge. Mal rede ich von Marokko, mal von Tongking, der Koller hat keine Heimat, er kennt nur eine Richtung, den Süden. Deshalb konnte ich auch während meines Aufenthaltes in Marokko ein Königreich gründen; eine Schimäre, ersonnen von unseren vereinigten Kollern, der wir klaren Blickes entgegenfieberten, ein Reich, dessen Parzellen ich im Los verkaufte.

Wir wußten jetzt, daß es irgendwo im Süden, noch hinter dem Land des Durstes, ein himmlisches Königreich geben mußte, von dem aus unser kleiner Gedankenblitz, der uns in bewölkten Stunden den Göttern ähnlich machte, an der obersten Grenze des Lichtes widerstrahlte. Ja, wir waren Götter, mindestens drei pro Korporalschaft. Die Legionäre hatten drunter zu schwitzen.

Eines Abends beschlossen wir aufzubrechen in jenes Land

des Südens, das unser war und in dem die Körper der Frauen glatt wie Pfeifenton sind. Wir nahmen den Zug bis zur Endstation. Dann rückten wir mit Waffen und Gepäck weiter gen Süden, dem Königreich des Südens entgegen, dessen Pforten Glyzinien umranken! Wir waren zwanzig Mann.

Einer von uns starb an einem Fliegenstich, ein anderer erschoß sich versehentlich mit seinem Gewehr. Eines frühen Morgens lauerten uns die Spahis auf. Ein Exlegionär, der bei uns wieder angeheuert hatte, feuerte eine Kugel auf den Offizier ab: rücklings klappte dieser junge, feurige Bursche vom Sattel.

Hinter einem Oleanderbusch wurde der Kumpel mit großem Pomp füsiliert; ich kam mit drei Monaten Bau davon, die ich in einer Villa absitzen mußte. Sie sah aus wie der Blasebalg eines Akkordeons.

Da wäre ich nun«, sagte der Soldat, »ich habe das Reich des Südens verloren. Niemals wieder werde ich die Glyzinienpforte sehen, niemals wieder das Lied des kleinen Mädchens hören: ›Ich hab so sehr geweint um dich‹ . . .

Heut bin ich bei euch, und im Schnee . . . Ich finde den Weg nicht mehr zur Hauptstadt, wo alle meine Wünsche mich schon erwartet haben, wie Schulkinder, die eine Kantate singen wollen . . . Da, wo mein Kamerad gestorben ist, vor dem Oleanderbusch . . .«

Die Wangen des Soldaten zitterten jetzt, er wurde bleich um die Nase, in einer mechanischen Geste hob sich seine Hand, und eine sonderbar schwache Stimme stotterte: »Im Busch . . . im Ole . . . Oleanderbusch . . .«

5

»Ich weiß nicht, wo uns das noch hinführen soll«, sagte der Boss, während er sein Feuer noch einmal geraderückte. »Ich weiß nur, daß der Mensch immer mehr zur Sau wird. Die geilen sich noch an ihrer eigenen Sauerei auf. Ich habe das schon mehrmals beobachtet, und das verheißt mir nichts Gutes.«

Michel Kraus nickte zustimmend. Der Soldat hatte nichts mehr zu sagen, lustlos, mechanisch trank er weiter. Jean Rabe dachte derweil an die kostbare Zeit, die er hier vertat, wo er sich doch mit seinen hundert Sous um diese Stunde schon die göttliche Wohltat eines zehnstündigen Schlafs ohne fremde Aufsicht hätte leisten können.

»Geradezu pervers!«, dachte Rabe. »Seit drei Tagen renne ich diesem Hundertsousstück hinterher, hoffe, die Nacht einmal anders als auf einem Stuhl oder Diwan zu verbringen, in einem Bett, das ich selbst bezahlt habe, und jetzt, wo ich dieses Glück schon in der Tasche habe, zögere ich den Augenblick des Genusses hinaus.«

Er dachte laut:

»So was nenn ich blöde!«

»Was denn, was?« fragten seine beiden Gefährten, der Soldat und der Polizeimaler.

»Ich habe nur laut nachgedacht«, sagte Rabe, »über mich selbst und tausend kleine Dinge, die nur mich angehen.«

»Da kommt ja Frédéric mit einer Flasche. Die geht auf mich! Frédéric, du hast deine bezahlt, der Soldat die seine, nur ich hab . . .«

Er sprach nicht zu Ende.

»Ich übernehme die Flasche«, sagte Rabe. Er warf seine Hundertsousmünze auf den Tisch und drückte sie mit dem Daumen fest aufs Holz, damit sie nicht wegrollte.

»Behalt dein Geld«, sagte der Boss mit strenger Stimme. »Ich sag's dir, der Mensch ist eine Sau.«

Rabe steckte das Hundertsousstück wieder in die Tasche. Sein Vergnügen war offensichtlich, denn er hatte diesen Anfall von schlechter Laune schon bereut.

Eine Frauenstimme munterte die Trinkergemeinde wieder auf, in der das Leben schon wie Feuer unter der Asche der Vergangenheit erstickte.

»Schau an«, sagte der Boss, »das ist Nelly.«

Es war tatsächlich Nelly, auch sie war voller Schnee. Sie schüttelte sich wie ein Vögelchen, und sichtbar wurde ihr blondes, im Nacken und an den Schläfen nasses Haar.

»Tag Rabe, Tag Kraus, Tag zusammen.«

»Mögen Sie ein Glas trinken?« fragte Kraus lächelnd.

»Ja, einen schön heißen Grog. Meine Füße sind wie Eis.«

Mit den Fersen streifte sie nacheinander ihre schlechten Schuhe ab, dann hielt sie die Füße ans Feuer. Der eine Strumpf hatte Löcher, und man sah, wie sich der große Zeh vor den Flammen zusammenkrümmte, als habe er seine eigene kleine Persönlichkeit.

»Ich war bei Vermorel«, sagte Nelly. »Ich hatte ein Rendezvous mit meinem Freund.« Die letzten Worte betonte sie.

»Viel los?« erkundigte sich der Boss.

»Niemand da«, antwortete Nelly lakonisch.

Sie zog ein Paket gelbe Zigaretten aus ihrer Handtasche und hielt es in die Runde: »Da, du Landsknecht«, meinte sie zum Soldaten, der sich mit Zeigefinger und Daumen behutsam eine Zigarette herauszog.

Nelly blieb nicht lange sitzen. Brüsk stand sie auf und, die Zigarette zwischen den Lippen, wiegte sie sich in der Taille, bevor sie in die Küche hinunterstieg, von wo man sie lachen und flüstern hörte.

Sie war eine große Blonde, blaß, ziemlich hübsch, und im Gesicht hatte sie die Knitter des Elends, der Liebe, der

Schlaflosigkeit und der Magenbeschwerden, denn sie aß zuviel Schweinefleisch und hartgekochte Eier, trank zuviel Alkohol.

Der Deutsche begehrte Nelly zärtlich, denn das furchtbare Elend des armen Kindes in seinen prätentiösen Lumpen erregte seine Sinnlichkeit zu Tränen. Nelly nutzte die Lage aus, indem sie den jungen Maler um lächerliche Summen anging, für die er ohne Gegenleistung blieb.

Sie war ein zugleich gerissenes und ehrliches Geschöpf. Sie gab sich als Tänzerin aus, zuweilen auch, je nach Laune, als Stenotypistin. Dann wieder war sie Journalistin oder Bildhauerin. Das hing ganz von den Phasen der Begeisterung für den einen oder anderen Beruf ab.

Da sie mit einer gewissen Arglosigkeit log, war es auch dem Naivsten nicht möglich, ihr auch nur ein Wort von dem, was sie sagte, zu glauben. Einzig Michel Kraus brachte dies Kunststück fertig. Nelly zeigte sich dafür in keiner Weise erkenntlich. Jede Nacht betrat sie die alte Kaschemme, als sei's ihr Büro. Sie kam hereingeschneit, schüttelte den Kumpels die Hand und ließ die unerschöpflichen Quellen ihrer Einbildungskraft sprudeln. Ihre Leichtigkeit dabei war nur traurig.

Nelly erschien übrigens nur denen begehrenswert, die sie nicht kannten. So hatte auch Jean Rabe nie den Versuch gemacht, sie auszunutzen. Lieber ging er allein auf das Abenteuer aus, sich ein Bett für die Nacht zu suchen, als sich mit Nelly einzulassen, obwohl sie ihm immer wieder, das heißt, wenn sie selbst ein Zimmer hatte, anbot, er könne mitkommen. Meistens aber schlief auch sie bei einer Freundin oder einem alten Maler, der ihr einen Diwan ohne Federn in einem Atelier ohne Heizung bot.

Nelly schwirrte durchs Dasein wie ein welkes Blatt, ein umhergetriebenes blondes Blatt. Sie sah nichts, behielt nichts. Ihre ganze Freude lag in einem Leben, das sie nachts im »Lapin« für ihre Freunde erfand. Alles, was sie erlebte, war so belanglos, daß ein Glas Wasser mit Rum schon genügte, um es aus ihrem Gedächtnis zu löschen.

Aus der kleinen Küche vernahm man jetzt ihren hohen und schiefen Gesang:

Ich war Ihnen so nah
und fand Sie so schön
Tief in großen sanften Augen
vermeint' ich die Liebe zu sehn.

Der Boss zuckte mit den Schultern:

»Eines schönen Tages wird sie steif und alle viere von sich gestreckt im Schnee liegen. Sie hat ein echtes Spatzenhirn.«

Der Soldat ließ sich gehen. Zusammengesackt wie ein Erschossener schlief er mit dem Rücken gegen die Wand. Zwischen den halbgeöffneten Lidern sah man den Augapfel, weiß wie ausgeflockter Eischnee.

Nellys Lachen ging Rabe mächtig auf die Nerven. Er rang mit dem energischen Entschluß, nun schlafen zu gehen.

»Wie spät ist es?« fragte der Boss.

»Ein Uhr morgens«, antwortete Kraus, »und vierzig Minuten.«

»Also, Kinder, diese Flasche noch, und dann geht's ins Bett. Und du, Soldat«, sagte der Boss, ohne ihn anzurühren, »steh' auf und geh' in deine Kaserne . . . Es ist Zeit, schlafen zu gehen.«

Da erschien zaghaft Nellys Kopf zwischen Türrahmen und Vorhang. Etwas wie Angst sprach aus ihrem Gesicht: »Komm 'mal gucken«, sagte sie zu dem alten Wirt.

Rabe folgte seinem Freund. Durch die halbgeöffnete Tür sahen sie den unberührten Schnee der Straße. Niemand war hier entlang gegangen. Vor der hohen Friedhofsmauer von Saint Vincent flackerte die einzige Gaslaterne. Frédéric stieß die Tür weiter auf, schaute nach links, schaute nach rechts.

An der Ecke Rue Saint Vincent entdeckte er ein gutes Dutzend Männer. Starr und schweigsam standen sie da.

»Was ist los?« erkundigte sich Rabe und wollte sich vorbeidrängen.

»Schnell rein«, meinte der Wirt, »und mach die Tür zu! Die Läden sind schon dicht.«

Rabe warf die Tür zu. Die schützenden Läden waren aus schwerer, stahlharter Eiche.

»Ein paar Ganoven«, meinte der Wirt. »Ich weiß nicht, was die wollen, aber bleibt lieber hier. Es wäre unvorsichtig, jetzt rauszugehen, denn ihr seid nur zu dritt, und du hast keine Waffe.«

»Schöne Bescherung«, dachte Rabe, »das gibt Ärger!«

»Schließ die Küchentür!« sagte der Boss zu seiner Frau. »Löscht das Licht, ich mach im großen Saal dunkel.«

Ohne sich zu beeilen, stieg er auf einen Hocker und drehte das Gas auf Notbeleuchtung hinunter. Im Saal, wo der Geruch von kaltem Pfeifenrauch langsam beizend wurde, konnte man jetzt nur noch zwei kleine rote Lichter erkennen, die in rhythmischen Abständen heller wurden: die beiden Zigaretten von Michel Kraus und dem Soldaten. Niemand sprach.

Nelly indes konnte ein stupides Lachen nicht unterdrükken.

»Willst du wohl ruhig sein, verdammt noch mal!« befahl der Boss, und fügte noch hinzu: »Ich will keinen mehr reinlassen . . . Das Lokal ist geschlossen. Ist das so schwer zu begreifen?«

Nelly fügte sich und schwieg. Sie gesellte sich zu den Frauen an der Treppe, die zwischen dem Ausschank und dem kleinen Saal zu den Schlafzimmern im ersten Stock führte.

Michel Kraus kramte aus seiner Hosentasche einen Revolver hervor, den er neben sich auf einen Hocker legte.

»Hab ich ein Schwein«, meinte der Kolonialsoldat. »Dabei hatte ich überhaupt kein Verlangen danach, heute nacht noch Aufmerksamkeit zu erregen ...«

In diesem Augenblick klopfte jemand an die Tür.

»Wir sind Kumpel«, rief munter eine jugendliche Stimme, »Kumpel von Bébert, und wollen einen trinken, alter Bock.«

Man hörte den Wirt langsam und schweren Schrittes, eine nach der anderen, die Treppenstufen heruntersteigen. Aus der Tasche seiner weiten Hose aus grauem Verloursamt lugte der geriffelte Kolben eines Armeerevolvers hervor.

»Geht schlafen, Kinder«, sagte er. »Das Lokal ist geschlossen. Es ist zwei Uhr, und ich will keine Anzeige riskieren.«

»Los, mach auf, wir kommen von Bébert!«

»Seid vernünftig«, meinte der Boss, »geht in Ruhe nach Hause! Ihr werdet Euch noch erkälten.«

»Du machst uns fertig«, hörte man mehrstimmig.

Es gab ein kurzes Geflüster. Undeutlich ließen sich ein paar Satzfetzen vernehmen: »Ich hab dir doch gesagt, daß er nicht hier ist ... Aber nein ... Der Alte versteckt ihn.«

»Na gut, Wiedersehen, Opa.« Es war die gleiche jugendliche Stimme, die von Bébert gesprochen hatte.

»Wiedersehen, Kinder.«

Es folgte ein leichtes Gedränge, dann wurden die Stimmen leiser. Es war nicht möglich, ein Geräusch von Schritten im Schnee zu hören.

Der Boss spitzte die Ohren, zog den Revolver aus der Tasche und löste die Sicherung.

Er hatte kaum durchgeladen, als ein Schuß durch die Nacht hallte. Es folgte das Splittern von Fensterscheiben.

6

Die Schlacht nahm ihren Lauf: draußen, in der Helle des Schnees, und drinnen, im Schimmer eines Grablichts der Firma Pigeon, das auf der Treppe zu den Schlafzimmern stand, wo es keinen Durchzug gab.

Zwei Schüsse knallten gegen die Türläden; dann ein Augenblick Stille, und man hörte das Wasser im Kessel auf dem Gasherd brodeln.

Wieder ein Pistolenschuß, und jetzt brach eine ganze Salve los. Dachziegel stürzten herunter. Trotz der geschlossenen Fensterläden schlug im großen Saal eine Kugel durch die Scheibe. Sie prallte gegen ein stockfleckiges, aber robustes Gemälde.

Um auch Lärm zu machen, schoß Michel Kraus durch die Schlitze der Fensterläden. Seine Kugel zerplatzte an der Friedhofsmauer. Aus der oberen Etage hörte man einen dumpfen Knall: der Wirt schoß nun auch seinerseits. Eine letzte Salve von etwa zehn Kugeln blitzte auf. Eine schmale, längliche Flamme zeigte auf die Revolver. Das gute alte »Lapin« wurde von dem Anprall durchgerüttelt und zitterte mit all seinen Fensterscheiben.

Ein langer, schriller Pfiff zerriß die Nacht von oben bis unten über die gesamte Länge der Rue des Saules. Er wirkte wie eine Leuchtrakete, die im Aufsteigen und Fallen eine elegante Parabel beschreibt.

Ein anderer Pfiff gab Antwort. Dann war Stille.

Im Haus spitzte jeder die Ohren. Keiner sagte etwas. Die Hände in den Taschen, ging Jean Rabe auf und ab. Während der Schießerei hatte er sich zwischen zwei Türen an die Wand gedrückt. »Was für ein Blödsinn!« dachte er.

Eine Viertelstunde lang blieb jeder noch auf seinem Gefechtsposten oder in Deckung. Dann hörte man den Boss vorsichtig sein Schlafzimmerfenster öffnen.

Auch Rabe stieß jetzt die Tür zur Straße einen Spalt breit auf. Nelly trat hinter ihn, stützte sich bei ihm auf, um ihm über die Schulter gucken zu können. Der junge Mann schüttelte sie ab, betrachtete den zerstampften Schnee, den ruhigen Himmel, die dunkle Flucht der kleinen Rue Saint-Vincent. Im Nachbarhaus waren alle Lichter erloschen.

»Da«, machte Nelly, »der Schnee ist voller Blut. Irgend jemand ist verletzt worden.«

Rabe betrachtete den Boden, und als er sich bückte, um besser sehen zu können, entdeckte er unter dem Holztisch, der die ganze Terrasse einnahm, einen zusammengekauerten Mann.

»He da, sind Sie verletzt?« fragte er.

»Schreien Sie doch nicht so!« sagte der Mann, »vielleicht sind die noch da.«

»Wer ist da?« fragte der Wirt, der im orangefarbenen Licht auf der Schwelle erschien. Er hatte das Gas wieder aufgedreht.

»Das ist der Kerl, den sie anscheinend verfolgt haben«, sagte Rabe. »Ich weiß nicht, ob er verletzt ist.«

»Sind Sie verwundet?« fragte Nelly.

»Nein, ich bin auf eine Glasscherbe gefallen und hab mich in die Hand geschnitten. Geben Sie mir Wasser und lassen Sie mich rein! Ich weiß, daß die noch da sind. Die suchen mich wahrscheinlich in den Gärten unterhalb der Straße.«

Ohne eine Antwort abzuwarten, verließ der Mann seine Deckung, drang in die Kneipe und blieb vorm Tresen stehen.

»Einen Rum, bitte, einen doppelten in einem großen Glas. Ich hab auch genug Geld.«

Er verband seine Hand mit einem Taschentuch.

»Machen Sie das Licht aus . . . Ich sag's Ihnen, ich hör' die noch.«

Hinter den Fliederbüschen, zur Rue Saint-Vincent hin,

verriet ein kaum wahrnehmbares Rascheln am Holzzaun der Terrasse, daß dort jemand war.

Die Tür wurde abermals verriegelt, die Lampe wiederum gelöscht.

»Ah!« machte der Mann, »ich bin noch mal davongekommen. Die wollten mir ans Leder. Die haben mich ausgeraubt. Und ich hatte keine Waffe. Ich trage nie eine Waffe bei mir.«

Der neue Gast in letzter Minute schien um die vierzig Jahre alt zu sein. Er war ein kurzgeratener, stämmiger Mann und schon kahl. Er trug einen Vollbart, braun und ungepflegt, aus dem ein paar weiße Haare hervorstachen.

Er trug eine grau und schwarz gestreifte Hose und sein enger Cut aus dunklem Stoff mit weißen Pünktchen hatte etwas Lächerliches. Hier und da hingen Fäden aus den Ärmeln oder Rockschößen heraus.

Errötend schaute er Rabe an, dann zupfte er sich penibel, mit äffischer Gewissenhaftigkeit die Fädchen vom Ärmel.

»Nun denn, Monsieur«, meinte er zum Wirt gewandt, »niemand soll sagen können, Ihre Gastfreundschaft sei umsonst gewesen. Kredenzen Sie uns eine Flasche guten Roten, einen leicht angewärmten Rotwein, blutwarm . . .« Er lachte auf. »Immerhin ist das Leben komisch, wenn man zwischen Mitternacht und drei Uhr morgens die Augen aufhält.

Die meisten Menschen haben nicht die leiseste Ahnung von dem, was sich zwischen Tageswechsel und Tagesanbruch abspielt. Das hat nichts mit Phantasie zu tun, es ist nur ein besonderer Blick auf die Wirklichkeit. Nun werden Sie sagen: ›Aber, mein lieber guter Mann, was treiben Sie sich in Ihrem Aufzug als Ehrenmann zwischen zwei und drei Uhr morgens auf der Straße herum?‹ worauf ich Ihnen zur Antwort gebe: ›Das geht Sie nichts an . . .‹«

»Na, hören Sie mal, wir haben Sie überhaupt nichts gefragt«, sagte Nelly in scharfem Ton.

»Oh, die ist aber aggressiv!« stellte das Kerlchen munter fest.

Der Boss kam mit der Flasche zurück. Er hatte jetzt keine Lust mehr zu schlafen. Er wartete jetzt. Im Schutze des Tages würde er sich dem Schlaf hingeben. Der Mann schenkte selber aus und füllte zunächst Nellys Glas.

»Nein, für mich keinen Wein«, sagte die junge Frau, »gib' mir einen Benediktiner, lieber guter Boss!«

Der Mann schnitt eine Grimasse, zischte mißbilligend und vernehmlich, zog Nellys Glas zu sich herüber, »Madame hat Haare auf den Zähnen«, bemerkte er kurz und bündig.

Er zahlte den Benediktiner und achtete darauf, daß das Glas randvoll wurde.

»Sie müssen sich zum Trinken runterbeugen«, rief er, als Nelly zum Glas griff, »sonst verschütten Sie alles!«

»Auf dein Wohl, mein schöner Brauner«, sagte Nelly, nahm das Glas und hielt es dem Mann unter die Nase. Dann trank sie.

»Sie ist eigensinnig«, sagte der Mann, »aber trinken wir endlich, ich hab schon alles geregelt. Bitte sehr, Herr Wirt, Ihr Glas. Ist die Tür auch gut verschlossen? Ich wünsche nämlich nicht, daß diese Herrschaften zurückkommen und den Schuppen belagern.«

»Die werden jetzt nicht wiederkommen«, antwortete Rabe.

»Warten wir, bis es Tag wird, dann gehen wir«, sagte der Soldat, »ich habe keine Lust, in eine Schießerei hineingezogen zu werden, schon gar nicht heute. Denn in drei Stunden trage ich Zivil.«

»Wie schön für Sie!« antwortete Rabe und schüttelte den Kopf.

»Sie sind alle Künstler«, sagte der Mann, »und das Fräulein auch, aber ich, ich bin kein Künstler, ich bin Metzger in der Pariser Umgegend, aber ich schätze die Künste sehr, besonders die Musik, sogar die klassische Musik. Am liebsten ist mir die religiöse Musik. Das erhebt mir die Seele und treibt mich zu allen Extremen. Wir alle, aber ausnahmslos alle, haben so unsere kleine Idee im Hinterkopf; selbst kennen wir diese Idee nur schlecht, sie ist wie ein totgeborenes Kalb, ein Fötus, ein unausgeschlüpftes Küken. Und man soll sich davor hüten, ein Mittel zu finden, das dieser Idee ein normales Leben und Kraft verleihen würde, eine Kraft, die dann noch stärker wäre als ein Stiernacken oder Ochsenkopf. Mit Hörnern würde Ihnen diese Idee den Verstand zerstochern. Davor sollte man sich hüten. Für den einen ist es die Frau, für den anderen, wie für mich, die Musik, die diesem Hintergedanken Willenskraft und Elan gibt. Bei ganz ordinären Menschen ist es das Blut. Insbesondere durch das Blut tritt jene unbekannte Macht zutage, die im Schädel des Schwachkopfs arbeitet. Je blöder die Leute sind, desto großartiger und natürlich auch verblüffender ist ihre Phantasie. Das habe ich selbst beobachtet. Jeden Freitag schlachte ich zwei Rinder, zwei Kälber und drei Schafe. Ich kenne den Preis des Blutes, sein Leuchten, seinen Geruch und die Gedanken, die zwischen den vier Wänden des Schlachthofs aufeinanderprallen. Das ist der Hinterhof des Denkens. Tief im Nachtschatten unseres Denkens liegt in uns allen ein stinkender Schlachthof. Manchmal, aber das ist selten, riecht er sogar gut. Das kommt daher, daß wir eben auch, Sie wissen das so gut wie ich, eine kleine Ecke haben, in der wir all das, was noch einigermaßen sauber an uns ist, aufbewahren. Da sind die Familienerinnerungen« – er senkte die Stimme – »die Kinder . . . Von Zeit zu Zeit schaue ich da gerne hinein. Ich tauche gern die Hände in saubere Wäsche oder getrocknete Blüten, die nach Tee duften. Meine Hände haben ein Bedürfnis nach Frische, wenn ich vom Schlachthof komme.«

»Sie sind also beraubt worden?« fragte Jean Rabe.

»Jaja, diese Schweine da haben mir ein Paket geklaut, als ich gerade aus . . . aus einer Straße herauskam.«

Er sprach nicht zu Ende, wiederholte aber genüßlich »aus einer Straße«. Seine furchterregenden Hände streichelten sanft über den Bart.

»In manchen Nächten möchte man den Hinterhof entrümpeln, den ganzen traurigen Bilderhaufen, der uns bedrängt, auf die Straße werfen. Ein sauberer Hinterhof, gut durchlüftet, mit einer großen Öffnung zur Straße hin und Luft in allen Ecken, glauben Sie mir, meine Herren und mein Fräulein, das wäre mein Ideal.«

Nelly schaute Rabe an, zwinkerte mit einem Auge, blickte dabei kurz auf den Metzger und tippte sich oberhalb der Braue an die Stirn.

»Ach was!« antwortete Rabe ganz leise. »Er ist nicht anders als die anderen, als so viele andere, wir haben nur nicht seine Wellenlänge. Außerdem hätten wir auch nichts davon, ihn zu verstehen.«

Der Boss hatte nichts gesagt, aber aufmerksam den Worten des Mannes gelauscht. Er fragte jetzt: »Und Ihre Verletzung an der Hand, wo ist die, ich sehe ja gar nichts?«

»Ach so!« machte der Metzger und betrachtete seine Hand, »daß Sie noch daran denken! Ich glaubte, mich verletzt zu haben. Die Aufregung, die Flucht, der Sturz, das alles kam zusammen und hatte dann diese Wirkung auf mich.«

»Dann war das gar nicht Ihr Blut«, sagte der Deutsche.

»Das ist in der Tat gut möglich. Der Schlachthof, die Straße, heute nacht ist enorm viel Blut geflossen. Vielleicht lag's sogar am Schnee, daß Ihnen dieses Detail so aufgefallen ist. Und außerdem macht Blut viel her. Ein kleines Verbrechen in Paris, ein armer Kerl oder ein armes Mädchen mit durchgeschnittener Kehle, aufgeschlitzt oder zerstückelt, und schon spritzt das Blut durch die ganze Stadt. Und das ist gut so. Eine Blutlache klingt schrill wie die Alarmglocken in allen Polizeiwachen der Schöpfung. Schauen Sie nur: ein kleines Tröpfchen menschlichen Blutes wird bei einem Verbrechen auf der Straße oder gar in der Abgeschiedenheit eines Schlafzimmers vergossen, und schon heult alle Welt dem Mörder hinterher wie der Wind im Telegraphenmast.«

Für einen Augenblick wurde der Metzger nachdenklich, dann meinte er noch: »Allein, es gibt auch taube Mörder.«

»Wie sind Sie an diese Bande geraten?« fragte der Boss.

»Wie?« Der Mann riß den Kopf hoch. »Das ist vielleicht eine Frage! Sie haben das Talent, einen mit Fragen zu überraschen. Wie ich an die geraten bin? Was weiß ich. Wahrscheinlich genauso wie man im Schnee einem galoppierenden Wolfsrudel begegnet. Das ist es nämlich: wo Schnee ist, sind auch Wölfe. Und ich, ihr Opfer, ich renne nach Leibeskräften, mein Paket unterm Arm, und es reißt mir die Zunge aus dem Hals. Unterwegs, ich glaube, es war an der Ecke zur Rue du Chevalier-da-la-Barre, haben sie auf mich geschossen. Vor mir hörte ich die Kugel gegen einen gußeisernen Kanaldeckel klirren. Diese Männer konnten es alle mit den Wölfen aufnehmen. Sie hatten den gleichen sehnigen und federnden Gang. Ich rannte und spürte den heißen Atem des Todes und seine eisigen Zähne im Nacken. Ich warf ihnen das Paket vor die Füße und bog ohne weiter nachzudenken in die kleine Straße gleich hier vorne links ein, wenn man rauskommt. Da sah ich die Kneipe. Ich habe an die Tür geklopft, aber niemand hörte mich. Dann verkroch ich mich im Schnee und im Schatten unter dem großen Tisch. Ich habe die ganze Schlacht mitbekommen und mir unablässig wiederholt: ›Lieber Gott, mach, daß sie mich nicht sehen, zeige dich in deiner Macht und verbinde ihnen die Augen!‹ Und sie haben mich nicht entdeckt.«

»Dann hat Gott also Ihr Flehen erhört«, sagte Kraus.

»Das ist etwas anderes«, antwortete der kleine Stämmige trocken.

»Ich weiß nicht, wer du bist und woher du kommst«, sagte der Boss entschlossen. »Ich weiß nur, daß du heut nacht noch einmal davongekommen bist. Ich will dich nicht kennenlernen, das geht mich alles nichts an. Es wird Tag, du kannst gehen. Es ist Zeit. Du brauchst mir nicht zu danken, und du brauchst auch nicht wiederzukommen, denn ich werde dich nicht reinlassen. Dein Gesicht gefällt mir nicht.«

Der Boss stand auf. Rabe reichte ihm die Hand. Man hörte das Bajonett des Soldaten über den Tisch schrammen.

Das Licht eines fahlen Tages fiel durch die weit geöffnete Tür in den großen Saal. Schon legte sich die Morgenbrise eisig um die Schultern, die eingesunken waren von der Nacht und dem Elend, das jeder sich bei Anbruch des neuen Tages wieder aufladen mußte.

»Adieu, Boss!« rief Rabe, »ich gehe und weiß nicht wohin.«

»Adieu«, sagten auch die anderen.

Vor der Tür seines kleinen Hauses stand der Wirt wie ein Kapuzenmännchen vor dem Wetterhäuschen. Er sah der Bande nach, die sich im Schnee entfernte.

Tief sog er die eisige Luft ein; er schaute nach rechts, nach links, dann trat er zurück in seine Kneipe; sorgfältig schloß er die Tür hinter sich zu.

7

Der triste kleine Trupp, gefolgt von einem Köter, den die Nacht ausgeworfen hatte, blieb an der Place Ravignan vor dem Hotel stehen, in dem Rabe nun für drei Tage eine Kammer nehmen wollte. Wenn er einen Franc pro Tag für die Miete rechnete, dann blieben ihm noch zwei Francs für den steilen und steinigen Weg durch den Wintertag.

Er reichte dem Soldaten die Hand, dem Metzger und dem jungen Deutschen, der gleich gegenüber ein Atelier aus losen Brettern bewohnte.

»Ich weiß nicht, wo ich schlafen soll«, sagte Nelly.

»Dann komm mit«, meinte Rabe.

Der Soldat und der Metzger blieben nebeneinander an der Hoteltür stehen.

Nelly und Rabe hatten sich kaum hingelegt, da schliefen sie auch schon.

»Dieses Mädchen ist blöde«, sagte der Metzger, »sie wäre viel besser mit mir gekommen . . . Ich weiß gar nicht, was ich jetzt machen soll. Das mit dem Paket ärgert mich . . . Nun ja . . . Ich sage Ihnen auf Wiedersehen.«

Er reichte dem Soldaten die Hand, dann trottete er mit kleinen Schritten Richtung Moulin de la Galette davon.

Unschlüssig blieb der Soldat allein zurück. Er fror in seinem Umhang. Schließlich zählte er seine Groschen, ließ ein paar in den Schnee fallen und suchte sie minutenlang. Dann machte er sich sportlichen Ganges auf zur Bar Faulvet, deren Wirt soeben mit großem Getöse die eisernen Rollgitter hochzog.

Von seinem Atelierfenster aus sah ihm der junge Deutsche, der sich als erster in seine Behausung zurückgezogen hatte, spöttisch nach, als er sich davonmachte.

Der Metzger kehrte heim ins »Maquis« an der Rue Caulaincourt. Er bewohnte ein kleines Holzhaus, das aus einem Schlafzimmer, einer Küche und einem engen Laden mit gepflastertem Fußboden bestand. Ein paar Stücke Fleisch hingen an Eisenhaken. Über der Ladentür, die auf eine Gasse des Maquis hinausging, stand in groben weißen Lettern auf schwarzem Grund sein Name:

ISABEL

Worte aus weißer Schwemmkreide bedeckten die Karos des einzigen Fensters. Man las:

Ausgewählte Fleischwaren
Schlußverkäufe und Sonderangebote aller Art

Der Billigmetzger, der tatsächlich Isabel hieß und von allen einfach Zabel gerufen wurde, öffnete seine Ladentür, lüftete, kehrte und stocherte einen kleinen Ofen an, der bereits mit Kohle und Spänen gefüttert war. Der Ofen bullerte gleich los, und befriedigt hielt das Kerlchen seine steifen Hände übers Rohr, das schon Hitze abstrahlte.

An der Tür wurde plötzlich die Stimme eines kleinen Mädchens laut:

»Monsieur Zabel, bitte ein Beefsteak für zehn Sous. Ein gutes Stück, es ist für Madame Lornoy.«

»Soso«, machte der Metzger. »Soso, Madame Lornoy nimmt immer von der Lende.«

»Ich weiß nicht, Monsieur«, antwortete das Kind, ein kleiner Blondschopf von zehn Jahren mit struppigem Haar. Sein schmales, kesses Gesicht war ganz schmutzig, voller Fingerspuren. Sie mußte Kohle angefaßt haben.

»Da ist dein Beefsteak, Fräulein ... Soso ...«

Zabel postierte sich vor der Tür, um dem kleinen Mädchen besser nachschauen zu können. Er fuhr mit der Hand durch den Hemdkragen, um ihn zu weiten, und sah einmal ringsum.

»So! Jetzt aber rein«, sagte er und sprach dabei ganz laut.

Er blickte auf seine Uhr. Es war acht Uhr morgens. Mit besorgter Miene schob er sie mechanisch in seine Tasche zurück und kaute auf den Barthaaren an seiner Unterlippe herum.

Dann wußte er, was zu tun war. Er nahm seinen Cut vom Haken, den er mit der kurzen Bluse seiner Arbeitskluft vertauscht hatte, und unterzog ihn eingehender Prüfung. Einige Flecken fielen ihm auf, die er sorgfältig mit lauwarmem Wasser und Seife auswusch. An manchen Stellen schabte er den Stoff sogar mit einem Beinmesser ab, das er aus den Rockschößen seines Ausgehanzuges gezogen hatte. Skrupulös untersuchte er die Klinge, die in den Stahl getriebenen Lettern des Firmensignets, den Griff, die Zwinge.

»Alles klar«, meinte er.

Und er schmiß das Messer zu den anderen auf die Hackbank, wo sich schon die Fleischschnipsel für Hunde und Katzen anhäuften.

Zabel seufzte und setzte sich schließlich aufs Bett. Er hielt eine dicke Brieftasche aus Kalbsleder in den Händen. Vorsichtig öffnete er sie, dann zählte er, die Scheine zwischen Daumen und Zeigefinger reibend, rund zehn Tausendfrancscheine. Er zählte sie zweimal, heftete sie mit einer Nadel zusammen, schob sie in die Brieftasche zurück. Die Brieftasche legte er behutsam in eine leere Zigarrenkiste.

Aufmerksam horchte Zabel auf die Gasse hinaus. Vom Bett aus konnte er im Sitzen seine Ladentür und die matschige, von kahlen Haselnußbäumen gesäumte Gasse bis zu jenem Bogen übersehen, den sie vor der Einmündung in die Rue Caulaincort beschreibt.

Er hörte nichts. Die Bewohner des Maquis schliefen. Für die meisten dauerte ein Wintertag noch zu lange. Vorsichtig löste Zabel eine kleine Holzplanke aus dem Fußboden seines Schlafzimmers und schob die Zigarrenkiste in den Hohlraum; dann fügte er die Planke wieder ein, vernagelte sie mit den alten Stiften und füllte die Fugen mit Staub auf. Ihm blieb noch Zeit, sich wohligen Gedanken zu überlassen, dann, des Nachdenkens müde, einen Apéritif im Trafik trinken zu gehen. Einige Hausfrauen kamen vorbei und kauften ihr Mittagsmahl bei ihm.

Alle Welt beklagte sich über die harten Zeiten, und Zabel verkündete, daß er sich gezwungen sehe, seinen Laden dichtzumachen, wenn die Geschäfte nicht bald besser liefen.

»Ich sag's Ihnen ganz offen, wenn ich noch genug zu essen habe, dann nur, weil ich den billigen Jakob mache.«

Nachdem Isabel sein Mahl verschlungen und seinen Kaffee getrunken hatte, begann er wie der Leopard im Zoo durch seine drei Zimmer zu schleichen. Die Gedanken tobten, daß es ihm die Röte ins Gesicht trieb. Mehrmals überprüfte er die Stelle, an der er die Brieftasche versteckt hatte. Er entzündete sogar eine Lampe, um sie zu beleuchten, als die Nacht herandämmerte und sein Haus mit der unheiligen Zierde der Melancholie überzog.

Sodann entzündete der Metzger die beiden Lampen in seinem Laden. Sie warfen ein schmieriggelbes Licht auf den schmelzenden Schnee. Vom Gäßchen aus konnte man den traurigen Isabel zwischen zwei Hammelteilen, die von der Decke baumelten, hinter seiner weißen Holzkasse sitzen sehen. Seine Nasenspitze machte ganz drollige Bewegungen, und er kaute auf seinem Bart herum. Um halb zehn löschte Monsieur Isabel die beiden Lampen und schloß gut vernehmlich seinen Laden. Geduldig verharrte er in der Dunkelheit.

Es klopfte an seine Tür.

»Wer ist da?«

»Schlafen Sie schon?«

Isabel erkannte die Stimme einer Nachbarin, die man ihres Intimlebens wegen das Süße Ferkel nannte.

»Sie schlafen ohne Licht, wie die Hühner, Vater Zabel?«

»Jawohl, ganz genau, wie die Hühner. Ich schlafe ohne Licht, das ist sparsamer.«

»Na dann, gute Nacht, ich verzieh mich. Ich wollte nur ein Viertel Leber, aber das reicht auch morgen noch.«

Das Mädchen trabte davon.

Zabel rieb sich zufrieden die Hände. Nun würden alle im Maquis erfahren, daß er die Angewohnheit hatte, ohne Licht zu Bett zu gehen.

Er wartete noch ein Weilchen, und als es von Sacré-Cœur zehn Uhr schlug, öffnete er ganz leise sein Schlafzimmerfenster, das auf die Gärten ging. Er schaute nach rechts, nach links, dann schwang er sich über den Fensterholm, sprang und landete geräuschlos hinter einem Holzverschlag, der als Latrine diente.

Er konnte den verödeten Garten durchqueren, und am Lattenzaun vorbei gelangte er zu einem Häuschen ganz aus Holz, wie alle im Maquis. Es stand abgeschirmt hinter einer Hecke aus Flieder- und Holundersträuchern. Zabel hielt sich im Schatten der Hecke verborgen, und als er sicher sein konnte, daß ihn bis hierhin niemand bemerkt hatte, schob er behutsam den Schlüssel ins Schloß. Nachdem er die Tür wieder hinter sich geschlossen hatte, rieb er ein Streichholz an, das nicht zündete, dann ein zweites, ein drittes. Das vierte endlich flammte auf. Zabel entzündete die Kerze, und das flackernde Licht erhellte den Raum.

Er hielt den Atem an. Mit der ganzen Last seines Körpers auf nur einer Fußspitze, horchte er und versuchte sich nicht zu rühren. Das Zimmer um ihn her war aufgeräumt. Ein zerwühltes Sofabett, ein Mahagonitisch mit Papieren, noch ein Tisch aus weißem Holz, ein Korbsessel, zwei Stühle aus Rohrgeflecht, ein Eichenschrank, das war das ganze Mobiliar. An den Wänden hingen ein paar Bilder vor der gelb gestreiften Tapete. Sie zeugten von den Mühen eines schüchternen, wenig begabten Künstlers. Außerdem waren dies auch nur schlechte Kopien von farbigen Abbildungen aus der illustrierten Beilage zum *Petit Journal*.

Zabel entspannte sich langsam. Der Starre folgte Schlaffheit. Das Unbehagen war nur von kurzer Dauer. Lässigen und ruhigen Schrittes wie jemand, der bei sich zu Hause ist, drang er in die Küche ein, die sich neben dem Schrank wie ein schwarzer Schlund öffnete, in den die Angst sich flüchten konnte wie eine wimmernde Katze.

Mit dem Haus vertraut, bewegte Zabel sich hier mit vollkommener Sicherheit. Vom Brett über dem Holzkohleofen nahm er eine Petroleumlampe, schüttelte sie, um sich zu vergewissern, ob sie noch voll sei, dann kehrte er in das erste Zimmer zurück und entzündete die Lampe an der Kerze.

»Ich muß Streichhölzer sparen«, sagte er leise und mit einem entsetzlichen Lächeln.

Dann ging er in die Küche zurück und durchwühlte den Wandschrank. Er fand ein Stück Brot, eine Büchse Ölsardinen, die er gleich öffnete, und einen angebrochenen Liter Weißwein. Er brachte alles ins Schlafzimmer, wo er den Tisch deckte.

Gierig verschlang er die Hälfte der Sardinen ohne Brot und trank ein großes Glas Weißwein, der ihm eine Grimasse aufs Gesicht trieb.

»So ist es gut«, murmelte er, »morgen bringe ich frisches Fleisch mit.«

Er warf einen letzten Blick auf die Gegenstände im Zimmer, zog den Wecker auf und schlug die Fenstervorhänge ein klein wenig zurück, damit von draußen leicht erkennbar war, daß Licht brannte und das Zimmer also bewohnt wurde.

Als er gehen wollte, bemerkte er einen Filzhut, der an einem Haken hing. Er nahm ihn herunter und wog ihn mit vorgeschobener Schmollippe in den Händen. Schließlich setzte er ihn auf, anstelle seiner Melone.

»Er ist mir zu klein.«

Er hatte den Hut schon fast wieder aufgehängt, da besann er sich eines Besseren. Er barg ihn unter seinem Cut.

»Bene, bene, all right«, sagte er.

Dann trat er hinaus, schloß leise die Tür, nahm den gleichen Weg zurück und stieg durchs Fenster bei sich ein.

Sobald er wieder in seinem Zimmer war, nahm er eine Schere, zerschnitt den Hut und schob ihn stückweise in seinen Ofen. Er mußte das Feuer noch einmal anfachen. Nach ungefähr zwanzig Minuten war der Filz verbrannt.

Dann, nachdem er die Schuhe ausgezogen hatte, streckte sich Monsieur Zabel in voller Kleidung aufs Bett, deckte sich mit seinen zwei Wolldecken zu und häufte sich alles an alten Klamotten, was greifbar war, über die Brust.

Tagsüber ging der Metzger seiner Beschäftigung nach und jammerte der Kundschaft sein Elend vor.

»Ich komm nie auf den grünen Zweig«, stöhnte er.

Wenn er wieder alleine war, setzte er sich auf sein Bett, ließ die Arme zwischen den Schenkeln herunterbaumeln und betrachtete die Stelle, an der er die Brieftasche mit den zehntausend Francs versteckt hatte.

Freitags begab er sich in aller Frühe zum Schlachthof, um sein Fleisch zu kaufen. Der schale Geruch des Blutes erfüllte ihn mit Stolz und Dünkel. Er schätzte es sehr, mit den anderen Metzgern über seine Vergangenheit als Schlächter zu plaudern. Er spreizte die Finger und zeigte seine kräftigen Hände.

Die Schlächter kannten ihn alle gut, nannten ihn den Kuhzabel und tranken gern den Apéritif mit ihm.

Wieder zu Hause auf dem Montmartre, pflegte Zabel trotz der Kälte den Spaziergänger zu mimen, krempelte die Ärmel seiner Bluse bis zu den Ellenbogen hoch, setzte sich eine rote Baumwollmütze mit weißen Streifen auf die Glatze und band sich ein blutiges Handtuch um den Hals, das er wie einen Schal verknotete. Er roch nach lauem Blut und Mägen von Pflanzenfressern. In diesem Aufzug ging er dann seinen Weißwein im Trafik trinken.

»Hier«, sagte er zu dem Wirt. »da hast du mal ein schön durchwachsenes Rippenstück. Tu dir das zwischen die Zähne, und dann sagst du mir, ob es gut war.«

»Was soll's sein?«, erkundigte sich der Wirt. Er war in den Vierzigern, groß, mager und auf einem Auge blind.

»Einen Weißen, wie immer.«

Zabel trank sein Glas aus und drehte sich eine Zigarette. Er betrachtete seine flinken Hände und ganz besonders den kleinen Faden geronnenen Blutes, der seine Fingernägel wie eine Borte einsäumte.

Er ging wieder hinaus, holte sich sein Brot, seine Zeitung, zeigte sich allen in seiner alten Schlächterkluft, dann kehrte er heim, war's zufrieden bis zur nächsten Woche und tauchte in den beunruhigenden Dunst seines Ladens.

Der Tag nach seiner nächtlichen Expedition war ein Freitag. Wie gewöhnlich begab er sich zu den Schlachthöfen und betrat, kaum zurückgekehrt, den Trafik, um seinen Weißwein zu trinken.

Sein Russenkäppi verkehrt herum auf dem Kopf, stand Tonio Biffi, der Taxichauffeur, schon da, trank seinen Apéritif und zwirbelte genüßlich seine kurzen braunen Schnurrbarthaare.

»Was, den Mann da bedienen Sie?« fragte er den Wirt. Seine gespielte Überraschung klang fast schon indigniert.

»Nun ja«, antwortete Paul, der Wirt, »wir kennen uns seit Nouméa.«

Nach diesem scherzhaften Schlagabtausch reichte Biffi

dem Fleischhauer, der den Mund über beide Backen spreizte und vor Vergnügen schier vergehen wollte, seine breite Hand.

»Noch mal das gleiche«, sagte er und zwinkerte zu Biffis Glas hin, um sich verständlich zu machen.

»Nun sag mal«, fragte Biffi mit jenem Tonfall des Beschützers, den er immer anzuschlagen pflegte, wenn er mit dem kleinen Metzger sprach, »du hast ja schon wieder deine Brüder und Schwestern umgebracht! Nun guckt mir doch mal diesen Widerling an, er ist voller Blut! Glaubt ihr vielleicht, der würde sich mal waschen? Guckt euch dieses Schwein an! Na, ich nehm's dir trotz allem nicht übel, auch wenn du genau wie ein Mörder aussiehst . . . Was ist mit Norbert, man sieht ihn gar nicht mehr?«

Isabel tauchte mit seiner kräftigen Nase tief ins Glas, dann hob er den Kopf:

»Doch, ich habe ihn gestern noch gesehen«, sagte er, »aber er hat nicht mit mir gesprochen. Wie der Wind wirbelte er durch die Rue Girardon . . . Ich hab nach ihm gerufen, er hat nicht geantwortet.«

»Das sind schon fünf oder sechs Tage, daß ich ihn nicht gesehen habe«, erklärte Paul. Er brachte ein Päckchen von dem billigen grauen Tabak.

»Na ja, komisch ist das schon, daß Norbert seitdem nicht mehr vorbeigekommen ist.« Tonio Biffi bestand darauf.

Er neigte sich über seinen Absinth und sah nicht den Blitz in Zabels Auge, der seinen Schädel am Hinterkopf durchbohrte.

»Der hat 'nen Stich, der ist verrückt«, erkärte Paul schulterzuckend.

»Ein bißchen komisch ist er schon«, gab der Metzger zu bedenken.

»Es heißt, er hat Geld wie Heu, dieser Norbert, er soll vor kurzem geerbt haben . . . Der macht vielleicht seit fünf Tagen 'ne Sause . . . Aber er hätte ja immerhin seine Freunde einladen können . . . Ach, was sag ich da, das ist ja blöde! . . . Zabel hat ihn doch gestern noch gesehen.«

»Gestern Abend war Licht in seinem Schlafzimmer, Monsieur Biffi«, mischte sich ein Neuer ein, der dieser Unterhaltung von Anfang an gefolgt war, wobei er eine Briefmarke anleckte, um sie auf einen Umschlag zu kleben.

»Ich muß mal bei ihm vorbeigehen und meinen ›King-Dick‹-Schlüssel wieder abholen«, sagte Biffi, »und jetzt verschwinde ich. Ich habe noch einen Kunden in Passy. Auf Wiedersehen . . .«

»Was für'n Kerl!« meinte Zabel, als der Chauffeur verschwunden war. Und zu Paul, dem Wirt: »Sag mal, möchtest du nicht eine schöne würzige Lammkeule zu Mittag? . . . Ich lege dir eine zurück.«

»Bring erst mal her, deinen Preisgesang kannst du zum Nachtisch aufführen.«

»Also gut, abgemacht.«

Bevor er sich nach Hause begab, ging Isabel noch einmal durch das Gäßchen, von wo aus er am Vorabend in das kleine, granatrot gestrichene Holzhaus eingedrungen war. Es war die Bleibe von Norbert, genannt der Moskoviter, wegen seiner plattgedrückten Nase und der wie bei einem Tataren vorspringenden Backenknochen .

An einem grauen Wintertag konnte das Haus eine ganz satte, säuerliche Melancholie heraufbeschwören. Es paßte sehr schön in das perlweiße Dekor aus Schnee, Tauwetter, Matsch und alten Zeitungen, die der Wind vor sich her trieb und an die Holzlatten klebte. Die rheumatisch verrenkten Äste eines großen abgestorbenen Baumes umfingen das ganze Haus.

Vor der Haustür angekommen, blieb Zabel stehen und schrie aus voller Brust: »Norbert! Heh! Norbert! Brauchst du was?« Er wartete einen Moment, dann sagte er laut: »Niemand da.«

Er trat ans Fenster, klopfte, um ganz sicher zu gehen, an die Scheiben und stellte fest, daß die Kerze, die er am Vorabend angezündet hatte, erloschen war.

Zabel rieb sich die Hände und betrat seinen Laden.

Und dann machte Monsieur Isabel eine Woche lang jeden Abend den gleichen Gang durch die Nacht, zündete die Kerze an, wühlte das Bett auf, deckte den Tisch und ließ die Reste einer Abendmahlzeit zurück.

Acht Tage lang beobachtete er gewissenhaft die Umgebung des Hauses und das Haus selbst.

Tagsüber eilte er zuweilen mit entschlossenen Schritten zu der roten Baracke, schlug an die Tür oder ans Fenster und rief mit ungeduldiger, schon etwas wütender Stimme nach Norbert.

Im Viertel sprach man schon über Norberts sonderbare Angewohnheit, den ganzen Tag lang verschollen zu bleiben und erst nachts wieder heimzukehren. Und dann machte er noch nicht einmal auf, wenn man ihn besuchen kam.

»«Also, mein Bester«, sagte Biffi, »ich bin ja kein Krakeeler, aber wenn ich diesem Norbert begegne, dann gibt's 'ne Abreibung! Die Tunte öffnet nicht mal mehr 'nem Kumpel. Gestern bin ich so ungefähr um ein Uhr morgens bei ihm vorbeigegangen. Er war da, denn ich sah Licht bei ihm brennen. Ich hab angeklopft. Keine Antwort. Ich hab's dabei belassen, denn sonst hätte ich ihm noch seinen Wolkenkratzer demoliert.«

»Er gibt nie Antwort«, sagte Zabel honigsüß.

In der achten Nacht, Zabel hatte gerade seine gewohnheitsmäßige Zeremonie beendet und Norberts Haus verlassen, vermeinte er aus dem Gestrüpp ein Geräusch zu hören. Sein Herz raste, und er drückte sich im Schatten an die Holzbretter. Er hielt den Atem an; beharrlich und gründlich durchwühlten seine Blicke nach und nach jede kleine Ecke in der Landschaft.

Zwischen zwei abgestorbenen Zweigen machte er eine menschliche Silhouette im Gestrüpp aus und erkannte Tonio Biffi, der ebenfalls das Haus in der Nacht beobachtete.

8

Die Fäuste tief in den Schoßtaschen seines Umhangs betrat der Soldat von der Kolonialarmee die Bar Faulvet, ließ sich einen heißen Kaffee bringen und durchwühlte mit beiden Händen das Körbchen voller Croissants. Er nahm drei heraus, die er neben sein Glas auf den noch seifigen Zinktresen legte.

»Wieviel hast du noch vor dir?« fragte der Kellner, während er eine Untertasse abtrocknete.

»Ab morgen nichts mehr«, antwortete der Soldat. »Hier« – er zog sein Bajonett aus der Scheide und schleuderte es quer durch den Saal – »da weißt du, was ich von dem Metier halte.«

Der Griff des Bajonetts knallte auf Marmor.

»Laß den Blödsinn«, sagte der Kellner hinterm Tresen, »wenn du den Tag so anfängst, bist du noch vor Mittag im Bau.«

Der Soldat ging sein Bajonett aufheben, schob es in die Scheide zurück und brummte zwischen den Zähnen: »Beschiß!« Wütend schmiß er eine Münze auf die Theke und zahlte sein Getränk und die Croissants.

Es war acht Uhr morgens.

Unentschlossen, regungslos stand der Soldat auf dem Bordstein an der Ecke Rue des Abbesses und Rue Ravignan und versuchte mal links, mal rechts, wie ein Jagdhund mit der Nase seine Richtung zu finden. Plötzlich stiefelte er geradeaus los in die Passage de L'Elysée-des-Beaux-Arts.

Ein ganz kleines Mädchen, das mit seinem Einkaufsnetz Besorgungen machte, warf ihm einen zusammengeknüllten Briefumschlag ins Gesicht und schenkte ihm, halb Kind, halb Flittchen, ein reizendes Lächeln. Dann flog ihr wildes Haar zurück, und sie machte sich davon.

Der Soldat drehte sich nach dem Gör um, das schon die Treppe hinaufflitzte, bis es schließlich um die Straßenecke verschwand.

Unterdessen hatte der Soldat die erste Etappe des Weges zurückgelegt, der noch vor ihm lag.

Er pfiff den Refrain eines Marsches.

Die Tür eines kleinen Ladens mit geschlossenen Fensterläden öffnete sich einen Spalt breit.

»Bist du es?« kam eine Stimme aus dem Inneren.

»Ja.«

Der Soldat stieß die Tür auf und betrat die winzigkleine Werkstatt eines Elektrikers. Es war sehr dunkel in dem Raum. Doch zeichnete sich zwischen Kupferdrahtrollen und Pappkartons voller Lampen ein großer hagerer Bursche im Blaumann ab. Sein Hals steckte tief in dem dicken grauen Rollkragen eines Pullovers.

»Ich öffne die Fensterläden, dann bin ich ganz für dich da«, sagte der Mann.

Er hakte die Läden aus, und es bot sich der armselige Anblick einer Vitrine, in der ein kleiner Transformator, eine Holzlaterne in verschossenem Rot, Isolatoren und eine dicke Rolle Isolierband ihrem Schicksal überlassen waren.

»So!« machte der Besitzer all dieser Reichtümer, als er ins Geschäft zurücktrat.

Der Mann war ungefähr dreißig Jahre alt, hatte ein schmales, vornehmes Gesicht, dessen Lippen von einem kurzgeschorenen, an den Spitzen gestutzten rötlichen Schnurrbart besonders hervorgehoben wurden.

»Man dankt«, sagte der Soldat. »Also du verstehst schon, mein guter Toto, ich bräuchte Klamotten. Ab Mittag melden die mich in Lourcine als Deserteur.«

»Klamotten hab ich«, antwortete der Elektriker, »du kannst dich da hinten in meinem Zimmer umziehen. Deinen Landserkram rollst du zu einem Paket zusammen, das du hinterher mitnimmst. Ich geb dir fünfzig Francs, das ist alles, was ich tun kann, dann verschwindest du. Ich bin hier schon bekannt.«

»Ich kann dir nicht mehr sagen, Toto, aber wenn du mal jemand brauchst, ganz gleich wozu, ein Pfiff genügt, und ich komme, egal, wo ich gerade bin . . . Das weißt du, genauso wie ich wußte, als ich heute morgen herkam, daß du mich nicht im Stich lassen würdest.«

»Schon gut, Alter, mich hat die Polente auf dem Kieker wegen einer Geschichte mit einem Anarchistenblatt. Na, kurz und gut, das dauert jetzt zu lange, dir das alles zu erklären. Tatsache ist, daß ich hier alle zwei, drei Tage unter irgendeinem Vorwand Besuch von einem Kerl kriege, den ich direkt gerochen habe, das kannst du mir glauben. Ich hab nichts zu fürchten, ich hab einen Schirm. Aber wenn die dich hier erwischen oder deinen Soldatenkram finden, dann sieht's schlecht für uns beide aus. Ach, sag mal, erinnerst du dich an Tuyen-Quang? Und weißt du noch, die kleine Kô, die von Bécan de Grigny, dem Gefreiten, der bei der Legion das Horn blies? Ja? Nun gut, aber weißt du, wo die jetzt ist? Nein? Ich wette 'nen Tausender, daß du's nicht errätst. Ich habe sie in Passy getroffen. Sie ist Kindermädchen bei einer Familie in der Rue des Vignes. Vor sechs Monaten habe ich da Leitungen gelegt. Ich war ganz schön verdattert, als ich die da sah, kannst du mir glauben! Sie hat mich wiedererkannt, legte aber den Finger auf den Mund. Ich sollte mich nicht verquatschen. Ich hab natürlich nichts gesagt. Hier, da hast du einen Anzug, er ist noch gut, er wird dir passen, dann noch eine Latzhose, ein Unterhemd, eine Kappe und dann die Kohle. Mach schnell!«

Er warf die Sachen übers Bett, und der Soldat zog sich schnell aus, um die Haut zu wechseln.

Nach Abschluß der Operation hatte er Ähnlichkeit mit einem Elektrikergesellen, denn mit den Kleidern des Kameraden hatte er sich auch dessen Beruf zugelegt. Aus der Uniform und dem Bajonett machte er ein riesiges Paket.

»Wo soll ich das nur hinpfeffern?« fragte er und wackelte mit dem Kopf.

»Wo du willst, nur weit weg von hier . . . Ach! A propos! Welchen Namen legst du dir zu?«

»Stimmt«, meinte der Soldat. Er suchte einen Moment. »Ich heiße . . .«, er zog einen gültigen Wehrpaß aus seiner Jacke, der allerdings nicht ihm gehörte, »ich heiße, wollen mal sehen, . . . Ernst, Jean-Marie, letztes Jahr entlassen. Die Beschreibung paßt . . . Gut, dann Adieu . . .«

Er drückte dem Kameraden die Hand, dann tauchte er mit seinem in graues Papier eingeschlagenen Paket unter dem Arm, das riesig war wie ein Federbett, in die eisige Luft.

Ernst, Jean-Marie, begab sich zum Ostbahnhof und hinterlegte das kompromittierende Gepäck bei der Aufbewahrung.

Um seine Last erleichtert, jubilierte er; den Schalterbeamten besah er mit spöttischer Miene.

»In einem Jahr und einem Tag«, dachte Ernst mit einer gewissen Genugtuung, »gehört das alles dir, wenn ich nicht komme, um es wieder abzuholen.«

Als er sich endgültig erlöst fühlte von jenem Paket, das für ihn zehn Jahre Soldatenleben in tückisch langweiligen Kuhdörfern bedeutete, von denen ihm nur minderwertige Erinnerungen bleiben würden, wurde er plötzlich sehr melancholisch und nahm sich vor, seinen Waffenbruder Toto oft wiederzusehen, um mit ihm über gewisse verblichene Dinge zu sprechen, von denen er im Moment nicht genau sagen konnte, welche das sein sollten.

Er setzte sich in ein Straßencafé am Boulevard Magenta

und sah das Treiben vor sich wie einen fernen Film ablaufen, wie etwas, das sich bewegte und doch schon tot war und ihn nicht im mindesten berührte.

Bei dem Gedanken, daß er fortan Zivilist war, erglühten seine Wangen. Für dieses Vergnügen hatte er Gesetze gebrochen. Es war nicht ungetrübt.

Und dann hatte er Hunger. Auch ekelte ihn, wie er die ganze Nacht durchzecht hatte. Seine letzte Sauftour in Uniform hatte ihm ein böses Erwachen als betrunkener Zivilist beschert. Diesen neuen Nachgeschmack eines Besäufnisses hatte er nun kennengelernt.

Als er noch Soldat war, gehörte das zum Handwerk. Es war nur eines von den vielen Bildern aus dem Milieu, ein Bild jedoch, dessen Komposition er ganz allein bestimmte. Heute spürte er den bitteren Geschmack der Schlappe, seine Kräfte waren geschwächt, sein Wille auch, und beides war vonnöten, wollte er sein Brot bezahlen, sein Fleisch, seinen Tabak und sein Zimmer. Denn er war nicht nur ein armer Zivilist, sondern ein armer Zivilist und ein Deserteur.

Es war elf Uhr.

»Wenn ich diesen Kaffee ausgetrunken habe, werde ich schon als Deserteur gesucht. Jeder Schafskopf im ganzen Lande wird meine Beschreibung haben.«

Diese Gefahr nahm er nicht allzu ernst, denn er sagte sich, daß er mit etwas Glück, und besonders, wenn er sich ruhig verhielte, in Frieden leben könne.

Nachdem er sein Mittagessen beendet und den Kaffee getrunken hatte, fühlte er sich wirklich als Deserteur. Er dachte jetzt darüber nach, wie er sich Arbeit verschaffen könnte. Er ging den klassischen Weg, kaufte eine Zeitung und las die Annoncen. Er hatte keinen Beruf erlernt. Bestenfalls konnte er kleine Männchen mit Sprechblasen auf Bristolpapier zeichnen. An diese Boje klammerte sich seine ganze Hoffnung, auch wenn er nur geringes Vertrauen in einen solchen Broterwerb setzte, denn er hatte sich schon einmal, vor seiner Verpflichtung in der Kolonialarmee, darin versucht.

Jedenfalls erhob er sich von seinem Tisch und ging in die Rue Monsieur-le-Prince, um sich ein Zimmer in einem angenehmen Viertel zu besorgen.

Einen Monat später, nachdem er nicht eine einzige Zeichnung in einem der Witzblätter hatte unterbringen können, stand Ernst völlig mittellos auf einer Straße. Sein Gepäck hatte er im Hotel zurücklassen müssen. Tief in Gedanken und Sorgen verloren konnte er eben noch einem Automobil ausweichen, dann machte er sich auf den Weg: die Hände in den Jackentaschen, den Kopf zwischen die Schultern gezogen, ganz wie Jean Rabe, strich er an den Geschäften vorbei und biß die Zähne zusammen, um den Hunger zu zähmen, der heimtückisch an seiner Persönlichkeit nagte.

»Heh, Alter, reich 'mal die Pulle rüber. Sie steckt vorne in meiner Schubkarre!«

Die Hose seines Lafont eng auf den Knöcheln, die Brust in einem straffen Trikot aus rosa Baumwolle mit schwarzen Streifen und den schwarzen Flanellgürtel um die Taille geknotet, trank Ernst ohne die Flasche an die Lippen zu setzen, im Schatten eines starren Lastkrans, dessen Trosse über den Ladeluken des Frachters hing, der *Fraternity*, Heimathafen Blyth. Feiner Kohlenstaub mischte sich unter den Regen und überzog die Kais mit einer trostlosen Schmiere, die an den nackten Armen, den nackten Hälsen und den abgewetzten Kleidern der Hafenarbeiter des Quai de Javel kleben blieb.

Auf dem Laufsteg des kleinen Frachters stand ein kurzer, dicker Mann mit ziegelrotem Gesicht und einer beigefarbenen Melone schief über dem Scheitel. Mit recht verhaltenen

Pfiffen dirigierte er dann und wann die Steuerung der Seilwinden. Es war Kapitän Howard, der Kommandant des kleinen britischen Frachtschiffs. Seit zehn Tagen arbeitete Ernst auf den Hafenkais an der Seine und löschte Schiffsladungen. Die Kollegen sahen ihn scheel an, denn sie mißtrauten ihm, und er rackerte wie ein Karrengaul in der scharfen Nordostbrise eines ungemütlichen Frühlings. Ein Kamerad, der ins Regiment einzog, hatte ihm diese Fetzen verkauft, die ihn unkenntlich machten. Die wie bei einem Husaren weite Hose der Bauarbeiter, das Baumwolltrikot, der Flanellgürtel, das Lederarmband am rechten Handgelenk, all dies machte eine Art Uniform aus, und Ernst hatte noch Gefühl genug, um die Ironie zu spüren, die darin lag. Sie war nicht ohne Bitternis.

Erledigt von dieser Arbeit als menschliche Maschine, die obendrein schlecht eingestellt und deshalb dem großen Dampfkran unterlegen war, der sie alle wie eine Kaiserin in Trauerkleidern überragte, brach er am Ende jedes Tages vor Müdigkeit schier zusammen.

Er verdiente eben genug fürs Essen und Trinken.

Eines Abends entließ der Vormann die Zuletztgekommenen, denn es gab nichts mehr zu tun. Auch Ernst defilierte vor dem kleinen Schalterloch in der Holzbaracke, die zugleich Büro und Kassenraum war. Er konnte achtundzwanzig Francs einstreichen, dann ging er davon, immer an der Seine entlang, auf der Suche nach einer Brücke, wo er windgeschützt schlafen könnte.

Der Nachtschatten gab dem Fluß ein gespenstisches Ansehen. Doch Ernst war ohne Furcht; dank seiner Kleider und vor allem dank jener wunderbaren Maske des Elends standen ihm alle Tore der Schattenwelt offen und, jenseits der Nacht, alle Tore zur Hölle, soweit sie einem Menschen vorstellbar ist.

Nur mit Mühe fand Ernst unter dem Pont Mirabeau einen

Platz; die guten Ecken waren bereits von den Stammkunden besetzt. Im dunklen Schatten des Kais und die ganze Seine entlang lauerten krampfaderige Frauen, junge und alte. Manchmal packten sie einen Elenden beim Arm und gingen mit ihm Wein trinken, in einer Bretterbude von Kneipe, wo man aufs Wasser sehen konnte, in dem sich halbstündlich das gleißende Licht der elektrischen Eisenbahn nach Versailles spiegelte.

In ausgetretenen Latschen schlurften sie daher, und wenn sie betrunken waren, tanzten sie wie obszöne, bösartige, abscheuliche Gespenster im Mondschein. Niemals weinten sie. Sie waren hart, physisch hart, wie die Steine des Kais.

Tagsüber werkelte Ernst so gut er konnte herum, ohne sich allzuweit aus der vertrauten Umgebung der Kais zu entfernen. Auch verschwand das nächtliche Volk mit dem ersten Schimmer des Tages. Männchen und Weibchen stoben auseinander, wie die Mäuse vor dem Strahl einer Taschenlampe. Sie drückten sich am Mauerwerk entlang und verschwanden alle in Richtung des Brachlandes am Point-du-Jour oder in die heimlichsten Wäldchen des Beckens von Meudon.

Die Frauen gingen zu Fuß bis nach Versailles, um sich vor dem Kasernentor der Sappeure nach Suppe anzustellen.

Mit Ungeduld erwartete Ernst den Abend, denn dann erst lebte es sich ungeniert. Er kannte eine ganz junge, blonde und grazile Frau. Sie hatte Ungeziefer und war so dumm, daß man nicht wußte, in welcher Sprache man sie anreden sollte. Wie ein treuherziges Jungtier hatte sie sich an Ernst gekrallt und schien sein trübes Schicksal teilen zu wollen, ohne zu wissen, welches dunkle Gefühl sie dazu trieb, denn das Elend hatte ihren Geliebten in einen schlechtrasierten Menschen mit grünlichem Gesicht verwandelt, der sich in nichts von all den anderen unterschied, die das

Volk der Kais und der Nebel bildeten. Sie sprachen nicht miteinander, gingen Seite an Seite, wie die einfachen Takte eines Volksliedes. Sie wußte nicht, wie er hieß, er wußte nicht, wie sie hieß. Wenn sie ihn anredete, sagte sie: »Heh, du da, sag mal, kommste?«

Manchmal trafen sie unter einem Brückenbogen der Métro einen jovialen Alten, der dort seine Schlafstatt hatte. Alle nannten ihn den Opa Gaston. Auf den Kais genoß er hohes Ansehen. Er schlief in einer Schubkarre, in der er seine ganze Habe mit sich führte.

Wenn der Opa Gaston ein Fest gab, erstrahlte der ganze Brückenbogen im Lichte von Baustellenlaternen. Es gab Wein zu trinken, den der Opa Gaston in einer großen Korbflasche holen ließ, die fünf oder sechs Liter faßte.

»Sag, es ist für den Opa Gaston«, empfahl er dem Mädchen, das seinen Auftrag ausführen ging.

Eines Morgens, als der Hunger alle früheren Vorstellungen vom Leben und der Welt in ihm abgetötet hatte, begleitete Ernst seine Freundin nach Versailles, um bei den Soldaten Suppe zu essen.

Unterwegs fanden sie eine Büchse aus Weißblech, die einmal Fruchtsirup enthalten hatte. Die junge Frau wusch sie sorgfältig aus.

»Wir brauchen irgendwas für die Suppe.«

»Klar«, antwortete Ernst.

Vor dem Tor der Kaserne reihten sie sich hinter anderen in die Schlange ein. Männer und Frauen lehnten mit dem Rücken an der Kasernenmauer und erwarteten die Stunde der Austeilung.

Ein Hornsignal kündigte den Feldwebel vom Dienst an. Das Kasernentor öffnete sich, und zwei Küchenbullen in kurzem Leinenwams schleppten einen Kessel Reis heran. Mit ihnen kam ein junger Obergefreiter von den Pionieren, bartlos und blond, den Revolver über dem langen Waffenrock und den Kinnriemen unterm Mund. Er überwachte die Essensausgabe.

»Und jetzt verschwindet!« sagte er und verscheuchte die Armen.

Ernst kam nun jeden Tag, eher von den Gerüchen der Kaserne als von denen der Suppe angezogen. Den anderen Stammgästen in der Schlange erklärte er kennerhaft die Hornsignale und die verborgenen Aktivitäten der Soldaten, zu denen sie aufriefen.

»Zu meiner Zeit«, sagte ein Alter, »blies man noch zum Offiziersappell. Das ging so . . .«

Er versuchte, ein Hornsignal nachzuahmen. Es gelang nur jämmerlich.

Die anderen grinsten hämisch.

Eines Morgens sagte der Küchenbulle zu Ernst: »Du bist noch zu jung, um mit den anderen hier zu futtern.«

Ernst ging nie wieder bei den Pionieren Suppe fassen. Doch kam er noch oft, trotz der heftigen Regenschauer in einem außergewöhnlich stürmischen März, ans Tor der Kaserne und schaute durchs Fenster in die Wachtstube hinein, wo sich die Pioniere behaglich an einem Öfchen wärmten.

Dann machte Ernst sich auf den weiten Weg nach Süden, er wollte bis nach Marseille, der Luftveränderung wegen und in der Hoffnung auf eine Wiederauferstehung.

Am Ortsausgang von Dijon wollten die Gendarmen seine Papiere sehen. Ernst war zu schwach, um sich aufzuregen. Er hielt ihnen den Wehrpaß des besagten Jean-Marie Ernst hin, sagte er sei Bauarbeiter und auf dem Weg zurück zu seiner Baustelle in der Nähe von Cassis.

»In Ordnung, verzieh dich«, meinte der Brigadier und ließ sein Pferd elegant voltigieren.

Ernst setzte sich auf einen Meilenstein. Ihn schwindelte, und er ließ den Kopf baumeln. Wie vom Schwachsinn übermannt, öffnete er den Mund. Sein Leben schien sich zwischen den Kräutern und Steinen am Straßenrand zu verflüchtigen. Doch bevor es sich restlos aufgelöst hatte, riß er sich noch einmal zusammen. Er stand auf, rieb sich mit beiden Händen über die Stirn, die stacheligen Wangen, den Hals. Mechanisch trocknete er seinen kalten, fettigen Schweiß.

Er machte sich wieder auf den Weg und murmelte Worte, deren Sinn und Klang er schon nicht mehr begriff; doch schlug dies Gemurmel seinem Hunger den Marschtakt:

Er war so erhitzt
Wie der Erpel in Hatz

Mechanisch wiederholte er immerzu die beiden Verse, mit einer Variante:

Wie Bärbel sîn Schatz

Am Abend schlief er in einer Scheune und konnte seinen Hunger stillen. Er verdiente sogar ein paar Groschen für das hingekritzelte Porträt einer verlobten Magd. Er zeichnete sie von Rosen umrankt, mit einem blauroten Zimmermannsstift. In einer Ecke des Blattes flog eine Taube. Im Schnabel hielt sie ein entrolltes Spruchband, auf das er den Namen des Mädchens geschrieben hatte: Noémie Butot.

Zehn Tage später kam er nach Marseille. Er hatte noch sechs Sous in der Tasche, um sich rasieren zu lassen. Nachdem er den Friseursalon verlassen hatte, strich er um die Feste Saint-Jean herum.

Er verspürte nicht das geringste Interesse für die Stadt. Jetzt, da er sein Ziel erreicht hatte, wußte er nicht mehr, wie er es anstellen sollte, einen Lebensunterhalt zu finden.

Als Hafenarbeiter? Er traute sich nicht, einen Vormann anzusprechen. Er irrte über die Kais, sah nichts, hörte nichts, doch wie ein Appell hallte eine fixe Idee durch seinen Schädel.

Er machte kehrt und lauerte wieder vor der Feste Saint-Jean. Er beobachtete die herauskommenden Soldaten, und es scherte ihn nicht, daß Leute ihn anrempelten, denn sein Gang war unsicher.

»Heh, Alter!« Er packte einen Soldaten beim Arm, der einen blauen Flanellgürtel um seinen Mantel geschnürt hatte, »sag mal, Alter, wo kann man denn hier bei der Legion anfangen?«

»Ach!« machte der Mann, »'s Regrudierungspüro is jeden Morgen um acht geöffnet. Wennde gude Beisser hast, nimmt dich dr Major.«

Am nächsten Morgen um zehn Uhr verpflichtete der falsche Ernst sich für fünf Jahre.

»Ach, du lieber Gott«, dachte er, »wenn ich doch nur meine alten Klamotten für vierzig Sous verscherbeln könnte! Dann könnte ich noch einen trinken, bevor es losgeht.«

In Furage bei der sechzehnten Kompanie, hing er diesem Wunsch weiter nach. Und die beiden Enden seines Lebens schlossen sich zum vollkommenen Rund des Kreises.

9

Gleich nachdem Michel Kraus sein Atelier an der Place Ravignan wieder betreten hatte, öffnete er hastig ein Fenster, das auf ebendiesen Platz ging. Mit spöttischer Miene beobachtete er den Aufbruch des Metzgers und des Kolonialinfanteristen, dann verfolgte er aufmerksam das Schattenspiel, welches im Lichte einer Kerze Nelly und Rabe hinter den zugezogenen Vorhängen eines Fenster im Hôtel du Pommier boten.

Als sie das Licht ausgeblasen hatten, war der kleine Platz leer, ganz unwahrscheinlich leer. Nun griff Kraus zum Rum, der in Reichweite auf einem Tisch stand. Ohne die Flasche anzusetzen, goß er sich einen anständigen Schluck in die Kehle. Das brachte ihn wieder zu sich. Dann schrie er aus voller Brust durch das noch immer offenstehende Fenster: »Das Gnadengesuch des Michel Kraus ist abgelehnt worden. Kraus hat die ganze Nacht nicht geschlafen, und jetzt hört er den Hobel des Sargschreiners an seinem Herzen. An diesem Tag schloß er sein Fenster zum letzten Mal.«

Es kam das charakteristische Geräusch eines schlecht schließenden Fensters, das man mit Gewalt zuwirft, dann entschlief der kleine Platz in die kühle Stille der Morgendämmerung.

Hinter dem geschlossenen Fenster hielt Michel Kraus etwas länger als eine Viertelstunde Andacht vor dem verschneiten Platz. Er zögerte seine letzten Verrichtungen noch etwas hinaus. Denn alles, was nun folgen sollte, war Bestandteil einer halb sentimentalen, halb literarischen Tragödie, deren Schöpfer und Held er sein mußte.

Da er blond war, wirkte er ungewöhnlich jung. Er hatte jene Jugend, die die Frauen zärtlich stimmt. Im malvengrauen Dunkel nahm sein Haar eine wundersam üppige und romantische Färbung an. Michel Kraus setzte sich in seinen einzigen Ledersessel und ließ den Blick über all den guten alten Hausrat schweifen, der ihm ans Herz gewachsen war und der ihn, inmitten der Exotik von Paris, an Mainz erinnerte. Ein tiefer Friede surrte mechanisch wie die eingängige Melodie von einer Phonographenplatte in ihm ab. Er schloß die Augen, und seine Finger trommelten diskret den Takt seiner Gedanken auf die straffen Armlehnen des Ledersessels.

Sein ganzes Leben fügte sich in der Erinnerung zu einem kleinen Bilderbogen zusammen, dessen Figuren zu marionettenhaftem Leben erwachten. In Wahrheit war er selbst schon eine kleine Filzpuppe, die sich da von Bild zu Bild fortbewegte, eine Puppe, die der Natur recht nahe kam, ihn aber auf vornehm zurückhaltende Weise leicht karikierte.

In einer von den reichen Grundbesitzern Bingens nur unwesentlich retuschierten Dürerlandschaft tanzten Mädchen aus gedrechseltem Holz mit Puppenköpfen und geblümten Baumwollkleidchen einen Walzer zu einer Melodie, die ein fröhlicher alter Soldat von seiner Violine kratzte. Sie drehten sich langsam mit ihren steifen blonden Zöpfen, die waagerecht abstanden. Parallel dazu lag eine Wiese, auf der in Nürnberg gemaltes Vieh sich an anilinfarbenen Tannenholzspänen weidete.

Zwei Holzpuppen in Artillerie-Uniformen, mit ganz kleinem Bajonett, um das eine breite Schleife mit zwei abschließenden Quasten gebunden war, hielten sich bei den Armen und überquerten in Begleitung zweier fünfundzwanzig Zentimeter großer Ballerinen eine hohe Eisenbrücke.

Michel Kraus wünschte noch lange mit diesen bezaubernden, adrett gekleideten Puppen zu leben, die vor Heiterkeit platzten. Frohsinn blähte ihre staubigen, matten Filzwangen. Sie lebten ein staksiges, ehrliches Dasein, das vorzüglich zusammenstimmte mit dem melancholischen Stakkato der kleinen Melodie, die der Geiger unverdrossen weiterspielte.

»Ach!« dachte Michel Kraus, »stünde ich doch nicht über diesem Artilleristen, dann könnte ich weiterleben ohne diesen entsetzlichen Ekel vor allem, was wieder vor mir steht, sobald ich mich entschließe, die Augen zu öffnen«.

Und wütend kniff er die Augen zusammen, wie man im Zorn die Fäuste ballt.

So sah er in einer dunklen Gasse nahe bei der Kathedrale eine Wollpuppe mit großen Augen vor dem Schädel und einem säuberlich vernähten Spitzbauch. Diese Puppe lauerte im Schatten und hüstelte unvernehmlich, was ein komisches leises Geräusch gab, wie ein Motor, bevor er anspringt.

Die Puppe hielt sich unter einer Kutschertür versteckt, von wo sie sich wie eine automatische Spinne auf ein zweites Individuum von gleicher Bauart stürzte, das allerdings eher den Typus des schwächlichen Romantikers verkörperte, wie man ihn aus den ersten Zeichnungen von Wilhelm Busch kennt. Die dicke Puppe biß die andere von hinten in den Hals, biß sich an ihrem Opfer fest und ließ lange Zeit nicht locker; dabei hielt sie die großen Augen, die aus blankgeschabten Knochen waren, halb geschlossen.

»Kindheitserinnerungen«, stöhnte Michel Kraus und öffnete immer noch nicht die Augen.

Dieser Mordszene folgten ein paar burleske Ansichten, dann kamen andere Bilder, die enger mit seiner eigenen Geschichte verwoben waren.

»Ich zähle bis drei, dann öffne ich die Augen«, dachte Kraus.

Er zählte langsam, seine Stimme dehnte sich. Bei drei öffnete er die Augen und stand auf.

»Ich habe doch noch eine gute Stunde vor mir, nicht wahr, Juni?« sagte er zu seinem Kater, der sich auf einem

Stuhl neben dem erloschenen Ofen zusammengerollt hatte und von dort aus wahrscheinlich alle Bewegungen seines Herrn überwachte und kommentierte.

Michel Kraus öffnete eine Anrichte aus weißem Holz und holte einen Teller mit Pastete hervor.

»Da hast du dein Fressen . . . Für drei Tage wird's reichen. Außerdem lasse ich am Eingang das Oberlicht offen, damit du raus kannst, um dieses Grab von einem Atelier für immer zu verlassen.«

Er sah dem Kater beim Fressen zu. Dann bereitete er alles für ein Bad vor und ließ Wasser in einen großen Fayencekrug ein.

Da klopfte es, und die Concierge schob einen Brief unter die Tür. Kraus riß den Umschlag auf: es war eine Einladung zu einem Maskenball.

Kraus zerknüllte den Brief und warf ihn ungeschickt auf des Katers Pastete.

Vom Platz her hörte man, denn es war Montag, die spielenden Kinder im Schnee. Sie bewarfen sich mit Schneebällen, und ihre Gesichter glühten. Die kleinen Mädchen hatten schon das Lachen der Frauen vom Montmartre. Man konnte ihre dürren Beine in schwarzen Strumpfhosen sehen, und die Füße steckten in viel zu großen Pantinen. Mit den Burschen hockten sie auf einer Bank und sangen im Chor:

Ach, wie ist es schön, Fräulein,
Ach, wie schön, bei dir zu sein.
Mein Herr, spricht sie, bedenk Er doch,
Dieses Land ist nur ein Loch.

Kraus lauschte den Worten und pfiff die volkstümliche Melodie, eine Melodie aus seiner Heimat übrigens, was ihn aber nicht im mindesten rührte. Aller gefühligen und patriotischen Bindungen hatte er sich schon während des Aufmarschs der Puppen entledigt, der auch nur eine nach seinem Bedürfnis abgewandelte Szene gewesen war, wie er sie einmal auf der Kaiserstraße zu Wiesbaden im Schaufenster einer aristokratischen Puppenmacherin erblickt hatte.

Michel Kraus nahm sein Bad. Er schlotterte mit den Schultern. Dann rasierte er sich mit bloßem Oberkörper, legte saubere Wäsche an und kämmte sich sorgfältig.

Als er seine Toilette beendet hatte, brachte er seine Angelegenheiten in Ordnung. Ihm blieben noch zweihundert Mark. Er schob sie in einen Briefumschlag, den er mit Namen und Adresse einer alten Bettlerin beschriftete, die mehrmals für ihn Modell gestanden hatte. Sie wohnte in einer Bruchbude am Fort Montjol.

Danach griff er zu einem Messer und machte sich daran, eins nach dem anderen seine Bilder zu zerstückeln.

Zuweilen hielt er inne, um ein Bild zu betrachten, das ihm gefiel oder einfach nur wichtige Erinnerungen heraufbeschwor. Diese schien er nur schweren Herzens zu erstechen. Er zerriß seine Zeichnungen und Skizzen, ebenso einige Leinwände und Zeichnungen seiner Freunde.

Dann zerbrach er seine Palette, seine Pinsel, seinen Malkasten. Er drückte die Farbtuben aus und riß seine Bücher längs des Rückens entzwei.

Nach vollbrachtem Werk hob er den Kopf und vernahm das trübselige Geheul einer Sirene, die den Arbeitern eine Pause verhieß.

Jetzt nahm Kraus ein Springseil, das er tags zuvor in einem Kaufhaus erstanden hatte, und prüfte es, indem er es am Türknauf festmachte und aus Leibeskräften daran zog. Es hielt. Der Kater Juni lag inzwischen ganz oben auf dem Schrank, hatte die Pfoten unter sich begraben und bedachte die ungewohnte Geschäftigkeit seines Herrn mit einem deutlich mißbilligenden Blick aus seinen runden, grünen Augen.

»Da ist nur eine Sache, die ich bedaure«, dachte Michel Kraus. »Ich werde nie erfahren, wie sich die Gefährten meiner letzten Nacht aus ihren ernsten kleinen Affären herauswinden. Wenn ich mich recht erinnere, waren da ein Metzger und ein Soldat, beide schon vom Tod gezeichnet. Was Nelly und Rabe angeht, so bin ich mir nicht ganz sicher. Alles in allem haben sie ein verhältnismäßig reines Herz. Ich hätte sie bedenkenlos und ohne jedes Risiko porträtieren können . . .«

Michel Kraus spürte plötzlich, daß ihm Tränen in die Augen stiegen. Da griff er wieder zum Phonographen, der gleich in Reichweite neben Juni oben auf dem Schrank stand, zog ihn auf, wählte eine Platte und legte sie auf.

Dann stieg er auf einen Stuhl, befestigte das eine Ende des Seils an einem Ring, der in die Decke eingelassen war, und schob seinen Kopf durch die Schlinge am anderen Ende. Mit einer Hand löste er die Sperre des Phonographen; die Platte begann sich zu drehen. Michel Kraus hörte das charakteristische Kratzen der Nadel auf der Wachsfläche. Er gab dem Stuhl einen kräftigen Tritt und hing.

Vor dem Fenster schauten sich ein Dutzend Kinder verzückt an und lauschten dem Phonographen, der gewissenhaft einen Zigeunermarsch abspielte, mit allen Mängeln eines Apparates, der noch in seinen Anfängen steckte.

Im gleichen Augenblick, als Michel Kraus sich umbrachte, fand ein Mechanikerlehrling auf einem brachliegenden Gelände unterhalb des Square Saint-Pierre ein in graues Papier eingerolltes Paket, das er hastig aufwickelte.

Entsetzt sprang er zurück, denn er hatte den Kopf eines Menschen entdeckt. Daß der Kopf noch frisch war, machte seinen Fund nur noch makabrer.

Weiß wie ein Clown rannte der junge Mann los, um Verstärkung zu holen. Er kehrte mit Polizisten zurück, die sich der unheiligen Fundsache bemächtigten, um sie aufs benachbarte Kommissariat zu bringen. Ein Inspektor der Sûreté, Monsieur Tonio Biffi, wurde mit der Untersuchung beauftragt.

10

Gegen Mittag wachte Nelly auf. Seit mehr als einer Stunde schon beobachtete Rabe ihren Schlaf. Er bebte vor ohnmächtiger Wut, denn niemals würde er dieser jungen Frau, die den Schlaf so nötig hatte, sagen können, daß sie verschwinden solle.

Das Leben eines anderen galt Rabe ebensowenig wie sein eigenes. Aber er achtete den Schlaf, den Hunger, den Durst: Dinge, in denen der Mensch so einfach, gewalttätig und rein wie ein Tier wird. Rabe mochte Tiere und achtete sie auch. Nellys Anwesenheit in diesem Hotelzimmer verdarb ihm die Freude an den paar Tagen Ruhe mit einem Dach überm Kopf. Mit einem Blick hatte er es sich in der armseligen, winzigen Kammer bequem gemacht, ohne dabei die Grenzen des für ihn erschwinglichen Komforts zu überschreiten.

»Wenn ich hier für immer leben könnte, auf ein paar Jahre«, dachte Rabe, »würde ich über dem Tisch ein kleines Bücherbord anbringen. An die Wand kämen ein paar Fotografien aus dem Louvre. Ich hätte eine Tabakdose und einen Pfeifenständer. Das würde mir schon reichen, wäre aber immer noch über meine Verhältnisse gelebt. Wenn Nelly nur aufwachte und gehen würde, könnte ich noch bis Mittag im Bett bleiben. Das Zimmer abgerechnet, bleiben mir noch gut vierzig Sous. Genug für ein Viertel Wein und eine halbe Portion mit Nachtisch im Restaurant an der Ecke Rue Lepic. Wenn Nelly aber bleibt . . . was dann? Dann darf ich meine vierzig Sous brav mit ihr teilen. Ich werde sie losschicken, Fritten und Bratwürste holen. Danach könnte ich sie mit einem Brief zu Bridon schicken. Ich werde versuchen, ihn gehörig anzuzapfen. Nach dem Essen und einem Glas Wein denke ich mir etwas aus.«

Rabe steckte sich eine Zigarette an, und auf dem Rücken

liegend, die Hände unterm Nacken verschränkt, blies er Kringel zur Decke hinauf. Wie ein Kind malte er sich Situationen aus, in denen er ganz groß rauskam. Mal war er Marineoffizier, mal ein berühmter Radrennfahrer, dann war er unsichtbar. Eine bezaubernde Vorstellung, die ihn bis zum Einschlafen beschäftigte. Er träumte, wie er im Schutze seiner Unsichtbarkeit eine Bank ausplünderte und noch ganz andere Untaten weitaus intimeren Charakters beging. Als er wieder aufwachte, stellte er fest, daß Nelly fast schon fertig schon angezogen war.

»Nelly?«

»Was?« machte die junge Frau.

»Nimm die vierzig Sous aus meiner Hosentasche da über dem Stuhl und hol uns beiden was zu essen. Beim Krauter in der Rue Ravignan kaufst du einen Liter Wein und außerdem einen Block Briefpapier zu zehn Centimes.«

»In Ordnung«, meinte Nelly.

Als Rabe allein war, sprang er mit einem Satz auf und fuhr sich über der winzigen Waschschüssel flink mit eiskaltem Wasser übers Gesicht. Er bibberte und klapperte mit den Zähnen. Nach Beendigung dieser raschen Toilette war er klar im Kopf und glitt wieder zwischen die noch warmen Laken.

Eine ungeheure körperliche, aber auch seelische Lust durchströmte ihn. Er dachte an Bridon und mit dem ganzen Enthusiasmus des Wohlgefühls faßte er den energischen Beschluß, ihn um fünfzig Francs anzugehen. Nelly würde ihm den Brief überbringen.

Er mußte einen Vorwand finden. Es galt, einen harten Streich gegen Bridons Phantasie zu führen. Rabe nahm ihn psychologisch auseinander. Er suchte nach einem Spalt in Bridons schützendem Panzer, durch den seine Bitte um Geld zu diesem stellvertretenden Abteilungsleiter in einem großen Kaufhaus auf dem linken Seineufer durchdringen konnte. Die schwache Stelle des zukünftigen Opfers zeichnete sich bald in aller Deutlichkeit ab: es war der Familiensinn.

Rabe, der endlich fündig geworden war, kuschelte sich wieder in seine Hoffnungen. Es war ein schöner Tag. An seinem Ende leuchtete ein Ziel wie ein Stern in der Nacht. Wenn das Glück mitspielte, konnte er bei Sonnenuntergang ein reicher Mann sein. Er nahm sich vor, Nelly zum Abendessen einzuladen und für ein paar Francs Holz zu kaufen, um in dem baufälligen Kamin Feuer zu machen. Er würde fast die ganze Nacht Pfeife rauchend vor dem Feuer sitzen und die göttliche Wohltat genießen, Herr über ein Feuer ganz nach seinem Geschmack zu sein. Nelly konnte ruhig bleiben und sich aufwärmen. Es machte ihm jetzt nichts mehr aus, wenn das junge Ding auch von seiner Glückssträhne profitierte.

Nelly kam hereingestürmt und stellte ihre Einkäufe auf dem Tisch ab.

»Eiskalt!« meinte sie.

Sie schob ihre Hände unter die Bettdecke.

»Weißt du, was passiert ist, Rabe?«

»Nein.«

»Michel Kraus hat sich aufgehängt.

»Nein!«

»Der Platz ist voller Menschen. Aber das ist noch nicht alles . . . Ein Bengel hat auf dem Gelände unterhalb vom Square Saint-Pierre einen Kopf gefunden, verpackt in graues Papier. Iß, die Fritten werden kalt, ich habe Füße wie Eiszapfen.«

»In graues Papier«, wiederholte Rabe . . .

Nachdenklich verschlang er die noch warme Wurst.

»Soll ich dir mal was sagen, Nelly . . . Also, den Coup hat der Metzger von gestern abend gelandet. Weißt du noch, was der von dem Paket erzählte, das er verloren hat, als die

Typen hinter ihm her waren . . .? Ja? In dem Paket war der Kopf, den sie heute morgen gefunden haben . . .«

»Trotzdem«, meinte Nelly mit vollem Munde, »um den kleinen Deutschen tut's mir leid. Aber wenn man's genau bedenkt, geht es ihm nicht schlecht, wo er jetzt ist. Heute morgen habe ich geträumt, daß wir beide, du und ich, auf dem Land spazieren gingen. Es gab nur Felder und Bäume. Mitten auf einem eingesäten Feld sahen wir Engel. Sie standen im Kreise und pickten die Körner auf, wie die Tauben. So was nennt man Vorzeichen.«

»Ich hoffe, wir kriegen keinen Ärger wegen der Geschichte mit dem Metzger. Wir kennen ihn nicht. Der Metzger ist aus dem Nichts aufgetaucht und gehört mit Leib und Seele in diese letzte Nacht, in der zwei von uns eine Lösung gefunden haben. Der Deutsche ist schon tot, der Metzger wird sterben, und der Deserteur? Der Deserteur geht sicher seinen Weg. Wir beide, Nelly, wir sind heute noch, die wir gestern waren. Welche Erleichterung, das festzustellen . . . Da, meine Schönste, trink Wein, wir sind noch mal davongekommen.«

Nelly lächelte. Sie nahm das Glas, trank, dann vergrub sie die Hände wieder unter der Bettdecke.

»Ach!« machte Nelly, und ihre Wangen liefen rot an, »ich muß mir auch ein Zimmer suchen.«

»Wenn du es schaffst, einen kleinen Auftrag zu erledigen, den ich dir anvertraue, werde ich dir etwas abgeben können. Also: Du gehst zu Monsieur Bridon und übergibst ihm einen Brief, den ich gleich schreiben werde. Warte auf seine Antwort. Wenn Bridon auf mich zu sprechen kommt, sagst du ihm, daß ich meine Mutter verloren habe, was auch stimmt, allerdings schon fünfzehn Jahre her ist. Sag ihm auch, daß ich für die Reise unbedingt Geld brauche und daß ich aus dem gleichen Grund nicht selbst bei ihm vorbeischauen konnte . . .«

Rabe schrieb seinen Brief und setzte die Adresse auf den Umschlag.

»Sieh zu, daß du es schaffst, Nelly. Wenn du mir Glück bringst, gehen wir heute abend gemeinsam essen.«

Rabe fühlte sich wie geblendet, nachdem er den Fünfzig-Franc-Schein befühlt hatte, mit dem Nelly zurückgekommen war. Er hatte auf den Erfolg gehofft, ohne indes an die Möglichkeit des Erfolgs glauben zu können. »Die Chancen standen eins zu tausend«, dachte er, »die Summe ist zu hoch. Ich hätte mich mit zwanzig Francs begnügen sollen.«

Von dem Geld gab er Nelly zehn Francs und kaufte sich selbst ein Hemd und einen Hut; mit dem Rest löste er eine Eisenbahnfahrkarte nach Rouen, wo er irgendwas zu finden hoffte, denn er kannte in dieser Stadt ein halbes Dutzend ganz ausgezeichneter Gesellen, die ihm helfen könnten.

Nelly, die nichts Besseres zu tun hatte, begleitete ihn zum Bahnhof. Ein Gedanke wehte sie wie von ungefähr an: »Kraus ist tot, Rabe wird so schnell nicht zurückkommen. Ich habe niemanden mehr . . .«

Sie war zu traurig, um über sich selbst in Rührung zu geraten. Der Bahnhof, das Zubehör des Bahnhofs, der Geruch von Kohle wirkten auf ihr Gemüt, mehr nicht.

Und doch spürte sie, als der traditionelle Pfiff die Portieren schloß, daß eine Phase ihres Lebens vorüber war und daß sich ihr von nun an alles in einem anderen Licht zeigen würde.

Sie nahm ein möbliertes Zimmer in einem kleinen Hotel an der Rue Caulaincourt. Mit Einbruch der Nacht ging sie auf die Straße hinunter, um Luft zu schnappen und sich den Wind um die Nase blasen zu lassen. Sie geriet in eine Ansammlung von Individuen beiderlei Geschlechts, die hitzig ein Ereignis von Rang kommentierten.

Nelly erfuhr von einem dicken Weib in beigefarbenem

Staubfänger, daß die Polizei einen Metzger namens Isabel verhaftet hatte, der beschuldigt wurde, einen seiner Freunde getötet, zerstückelt und dann beraubt zu haben. Dieser Freund, Norbert mit Namen, restaurierte seltene Briefmarken und fälschte sie auch. Er hatte ein gutes Auskommen. Raub war das Motiv des Verbrechens gewesen.

Inmitten einer Gruppe von Polizisten erblickte sie einen hölzern und gekränkt wirkenden Herrn. Es war der unbekannte Metzger aus der famosen Schneenacht. Mit offenem Munde glotzte sie ihn an.

Die Polizisten ließen den Mann in ein Taxi steigen. Pfiffe zischten wie Feuerwerkskörper rund um den Wagen. Scheu und schlecht abgestimmt ließ sich die Komparserie vernehmen: »Aufhängen! Aufhängen!« rief es kraftlos. »Aufhängen!« rief noch eine zarte Mädchenstimme hinterher.

Nelly ging die Straße in Richtung Pont Caulaincourt hinunter. Wenn sie unterwegs einem Mann begegnete, summte sie vor sich hin und zwinkerte ihm verrucht zu. Genau wie in den Büchern. In dieser Nacht arbeitete Nelly tapfer durch, wie eine Frau vom Gewerbe. Sie erzwang die Aufmerksamkeit der Männer, denn etwas, das über alle Vermutungen erhaben war, beherrschte sie und leitete sie auf einer Straße, die schnurgerade war wie ein Bahngeleis, gebieterisch ihrer Zukunft entgegen.

Sie rollte auf dem Strich wie ein Zug auf seinen Schienen. Sie gabelte Männer auf, befriedigte sie, zog ihnen das Geld aus der Tasche, und dies alles mit der wunderbaren Kraft einer Maschine, die Liebe in Serie produziert.

Am frühen Morgen, als sie mit einer Freundin durch die Rue d'Amsterdam zurückkam, um an der Place Clichy einen Milchkaffee zu trinken, war sie reich. Sie ging ins Hotel zurück, wusch sich sorgfältig und schlief wie eine Natter beim Hautwechsel unter plötzlichem Schwund all ihrer Kräfte ein.

Auch das einstige junge Mädchen namens Nelly war an

den Folgen jener Nacht, die es für immer an den eigenen Tod erinnern würde, gestorben. Die neue Nelly wachte gegen Mittag auf. Ihr Gesicht war wie ausgewechselt. Sie betrachtete sich im Spiegel und war von der Entschlossenheit in ihrem neuen Gesicht überrascht.

Durch die halb offene Tür rief sie nach dem Burschen. Emile eilte auf leisen Sohlen herbei.

»Hör mal, du kannst dem Chef sagen, daß er mir eine neue Zelle verschafft. Ich nehm das Zimmer im Ersten, das zu vierzig Francs im Monat. Hier, das ist für dich.« – Sie hielt ihm ein Fünffrancstück hin. – »Und dann, hör gut zu, bringst du mir mein Mittagessen aufs Zimmer. Kapiert? Los, mach dich auf die Socken.«

Als sie wieder allein war, betrachtete sie ihre Fummel. Ihre Augen waren hart vor Zuversicht. »Rabe wird in dieser Nacht auch gestorben sein«, dachte sie, »es ist zum Heulen. Wir waren zu fünft, als wir das Lapin verließen, und in einem Monat wird nichts mehr davon übrig sein, was wir gewesen sind.«

Sie irrte sich. Aber sie konnte nicht wissen, daß der Soldat sich immer noch wie ein Zirkuspferd im Kreise drehte. Außerdem konnte sie sich nicht mehr genau erinnern, wie er aussah. Für sie hatte er wie alle Soldaten ausgesehen. Nelly konnte die Uniformen nicht auseinanderhalten, und alle Soldaten, die sie kennengelernt hatte, verfluchten ihr Schicksal mit den gleichen Worten.

»Ein Soldat und Luft«, dachte Nelly, »das ist ungefähr dasselbe.«

Einen Monat nach der Verhaftung des Herrn Isabel, oder genauer gesagt: einen Monat nach Inbesitznahme des schönen Zimmers, der Nummer zwei im ersten Stock, hatte Nelly einen standesgemäßen Schneider, Wäsche und Schuhe. Sie aß im Restaurant, und ihr Leben lief dahin wie ein gut geöltes Rad.

Sie blieb bescheiden, eine Kleinbürgerin in der Prostitution, denn die Erinnerungen an das große Elend der gestorbenen Nelly bewahrten die lebende vor Exzessen der Phantasie.

Europa hatte zu jener Zeit das Haupt zwischen die Tatzen gebettet wie ein Raubtier, das sich lammfromm stellt, und die Menschheit ließ ihre Gedanken ausschwärmen, stillschweigend geduldet von der schlafenden Bestie.

Die zukünftigen Opfer, von den Zeitungen abgerichtet, wurden immer fetter und ahnten nichts von der Katastrophe. Ganz sachte schwamm Nelly mit dem Strom, der friedlich dahinfloß; und wenn der eine oder andere auch einmal anstieß, tat es doch nicht weh.

Der Mord an Norbert kam zur Verhandlung. Begierig las die junge Prostituierte den täglichen Sitzungsbericht aus dem Gerichtshof.

In die Enge getrieben, bestürmt, beschimpft, verhöhnt, legte Monsieur Isabel, verwirrt von der kindlichen Psychologie einer willkürlichen Verhandlungsführung, schließlich ein Geständnis ab.

Mit angewiderter Miene hörte er sich das großartige Gebrüll des Generalstaatsanwaltes an.

Zum Schluß ergriff er selbst das Wort und bedeutete seinem Verteidiger, sich einen Moment lang ruhig zu verhalten. Er schrie: »Ja! Jawohl! Ich habe Norbert getötet, wohlgemerkt, ich habe ihn getötet, daran zweifelt ja niemand mehr, nicht einmal ich selbst, obwohl ich lange Zeit glaubte, alles nur geträumt zu haben. Aber, meine Herren Geschworenen, dieser Norbert war ein Schwachkopf, er war blöde wie ein Karpfen, unfähig, sich von einer edlen Geste, einem hehren Gedanken, einer Melodie oder einer gemalten Rose anrühren zu lassen. Bedenken Sie die äußerste moralische Armut dieses Mannes, dessen einzige Interessen kulinarischer Art sein konnten. In Wahrheit war Norbert nur ein Schaf, ein ungenießbares Schaf, allein das Fell konnte von Wert sein. Damals brauchte ich zehntausend Francs. Was habe ich also getan? Ich habe ihn getötet, Herrgott noch mal, wie man ein Schaf tötet, um zu essen. Mir war daran gelegen, Ihnen meine Sicht der Dinge darzutun, die von der Ihren völlig verschieden ist. Aus diesem Grunde auch werden wir uns niemals verständigen können. Was Norbert betrifft, so kann ich Ihnen immer nur wiederholen, daß Sie, wenn Sie ihn noch zu Lebzeiten gekannt hätten, in diesem Augenblick nicht zögern würden, sich meiner Meinung anzuschließen.«

Isabel wurde zum Tode verurteilt, sein Gnadengesuch abgelehnt. Unter der Guillotine fand er den gewaltsamen Tod einige Monate früher als ein großer Teil seiner Zeitgenossen.

Als Nelly aus den Abendzeitungen von dem Urteilsspruch erfuhr, mußte sie einfach in die Hände klatschen. »Recht so!«, rief sie aus. Doch dann dachte sie gleich an Rabe: »Und was ist aus dem geworden?« Sie versuchte sich vorzustellen, daß der unruhige junge Mann und sie auf parallelen Kursen weitersegelten. Es gelang ihr nicht, sie hatte ja keine Anhaltspunkte. Wohl sah sie noch den hallenden Bahnhof von Saint-Lazare vor sich, der voller Zärtlichkeiten, Geschrei und stählernem Leben war. Auch die Schlußlichter des Zuges sah sie noch und Rabe, der unaufhaltsam in die westliche Nacht vordrang.

Nelly setzte sich aufs Kopfkissen, zog die Knie unters Kinn, und während sie ihre Schleifchen in einer alten Pappschachtel zählte, sagte sie sich wie ein artiges Kind in der Geschichtsstunde die tägliche Chronik ihrer Vergangenheit auf.

Zu jener Zeit, das heißt zwei oder drei Jahre vor Kriegsausbruch, zählte Nelly neunzehn Jahre.

Sehr geehrte Leserin,
sehr geehrter Leser,

mit dem Kauf dieses Buches haben Sie Interesse an unserem Programm gezeigt. Wir möchten Sie daher gerne in eine Kartei von Interessenten aufnehmen, die bevorzugt über unser Programmangebot informiert werden.

Bitte senden Sie uns diese Karte zurück.

Selbstverständlich gibt Ihnen auch Ihr Buchhändler gerne Auskunft über unser Programm.

Ich interessiere mich besonders für:

- ☐ Literatur (LT)
- ☐ Sachbücher (SH)
- ☐ Psychologie/Psychoanalyse Psychotherapie/Pädagogik (HU)
- ☐ Geschichte/Politik (GE)
- ☐ Kultur und Gesellschaft (KG)
- ☐ Philosophie (PL)
- ☐ Natur und Umwelt (OE)
- ☐ Kunst (KU)

Ich interessiere mich für Ihr Programm aus:

- ☐ privaten,
- ☐ beruflichen Gründen.

<u>Übrigens:</u> **Einmal im Jahr verlosen wir unter den Einsendern dieser Karte folgende Preise:**
1. Preis: Bücher aus unserem Programm im Wert von DM 400,–
2.–10. Preis: Bücher im Wert von je 50,– DM

P 902 727

Absender

Name: ______________________

Straße: ______________________

PLZ/Ort: ______________________

Ich wurde auf dieses Buch aufmerksam durch:

____

____

____

____

____

Mit Rücksendung dieser Karte erkläre ich mich damit einverstanden, daß ich in Ihre Informationskartei aufgenommen werde.

Bitte als
Postkarte
freimachen

Antwort

Klett-Cotta
Abteilung Vertrieb
Postfach 809

7000 Stuttgart 1

11

Nelly wurde eine Art Königin der Straße. Sie kannte deren bestgehüteten Arkana und wußte sie ihrem Rufe dienlich zu machen.

Etwas Malerisches, nach dem man heute vergeblich sucht, verlieh der großen Zunft der Straßenprostitution jenen Stolz, dem man nur noch in Bildern der Erinnerung begegnet.

Die gewerbsmäßigen Prostituierten, Männer wie Frauen, schämten sich nicht, ihren Stand zur Schau zu tragen. Ein junger Loddel zu sein, war dem, der einer werden wollte, ein hinreichendes Ideal, und so zögerte er keine Minute, jene spezielle Tracht anzulegen, die ihn von der Menge unterschied.

Die äußeren Boulevards und die schlecht beleuchteten Seitensträßchen erwachten mit Einbruch der Nacht zu eigenem Leben, das die verwaisten Kulissen des Tages erfüllte.

Es war, als ob nun eine neue Truppe die Bühne bestieg, deren Ausstattung, obwohl man aus Sparsamkeit überhaupt nichts geändert hatte, vollständig erneuert wirkte.

Ein Haus, das bei Tage noch einen ehrenwerten Eindruck machte, wurde bei künstlichem Licht zu etwas wie einem Tempel sentimentalen Elends und moralischer Haltlosigkeit.

Oft auch übertrug eine flackernde Beleuchtung dem menschlichen Schatten die Herrschaft über den Körper.

Die Schatten beherrschten die Straße und spielten ihre gespenstischen Rollen in einer Tragikomödie zur Mitternacht.

Der Schatten eines Säufers wurde geschluckt von einem anderen Schatten, der sich an der Straßenecke verborgen hatte. Auf einer mondblauen Mauer tauschten die Schatten von zwei oder drei Männern die Glut ihrer Zigaretten aus.

Eine Schattenpolizei beschattete die Fahrbahn und war bereit, auf den ersten Pfiff hin zur Razzia auszuschwärmen.

Auch die Razzia selbst war nicht mehr als ein Schattengestöber, wie wenn der Wind einen Haufen welker Blätter quer über den Boulevard wirbelt.

Die Razzia war nur eines der Feudalrechte unter jenem scharfen Wind, der die Mädchen, welche man als gefallene einstufte, auf Trab hielt. Sie flohen in jammervoller Herde oder sprengten wie wild durchs schwachbrüstige Licht der Straßenlaternen. Durch die Nebel der Morgendämmerung hörte man den Engelschor von Saint-Lazare, und in verschreckten kleinen Bistros läßt der bleiche, aufgelöste Reisende von der Place de la Roquette seine Worte mit Grabesstimme auf ein Marmortischchen fallen: »Es ist vorbei: sie haben Liabeuf guillotiniert.«

Durch dieses Reich der gestreckten und geduckten Schatten schritt Nelly wie eine Königin. Sie war die Braut eines großen Ganoven, eines Mannes von furchteinflößender Häßlichkeit und ungezähmter Kraft, dessen Gedanken von abscheulicher Einfalt und Unverständlichkeit zu sein schienen.

Nelly war eine flotte Blondine geworden, deren lachende Augen die ganze Straße ins Schlingern bringen konnten. Als Ganovenbraut ging sie, von der Kappe über ihrem blaßblonden Haar bis hinunter zu den hohen Konquistadorenstiefeln, im vollen Aufputz einer Plflasterschwalbe. Die Freundinnen von der Straße waren ihr Hofstaat. Es war eine Ehre für all diese Elenden, beim Apéritif neben ihr am Messingtresen zu stehen oder mit ihr auf der Terrasse einer kleinen Kneipe zu sitzen, von der aus man die Rue Lepic einsehen konnte, die die Gemüsehändler mit ihren kleinen Karren verstopften.

Allenthalben triumphierte sie schon, wie ein vulgärer Foxtrott, dem damals erst die Zukunft gehörte. Wenn sie stur geradeaus das Trottoir entlangstolzierte, zog sie einen Teil der Straße mit sich wie ein in Fetzen von der Wand hängendes Plakat.

Wie eine Freibeuterfregatte stampfte sie durch die hohe See sprachloser Pfiffe. Obwohl sie erst neunzehn Jahre alt war, nannte man sie schon ›die große Nelly‹.

Diese Phase des höchstens Triumphes folgte fast übergangslos auf die bürgerliche Phase in der Rue Caulaincourt. Es hatte nur eines Mannes bedurft, und schon rollte sie auf einem anderen Gleis. Sie funktionierte wie eine gut gewartete, genau justierte, kraftvolle Maschine.

Der Mann, den sie sich auserwählt und den sie ertragen hatte, nachdem sie früher einmal vielleicht ein bißchen in Rabe verliebt gewesen war, gehörte nicht zur menschlichen Gattung. Auch er bewegte sich mit der Rücksichtslosigkeit einer Maschine durchs Leben, einer Maschine indes, die unbrauchbar wurde, sobald sie einmal das grelle Milieu gefügiger Straßenmädchen verlassen hatte.

Wie ein städtischer Wasserspeier mit stetig steifem Glied, das er mit kindischen Hätschelnamen versah – mein Kleiner, mein Bub, mein Lümmel usw. –, hielt er sich am äußersten Ende der Straße auf. Außer jener zärtlichen Sanftheit gegenüber seinem genitalen Zierat verspürte er keinerlei Bedürfnis, die Dinge miteinander zu vergleichen oder sie mit anderen Namen zu versehen. Ludovic hieß Nellys Geliebter. Sie selbst wußte nur sehr wenig von seinem Leben. Er war in der Rue du Poteau geboren und hatte bei der schweren Artillerie in Toul gedient. Seine Kraft verschaffte ihm Respekt, und aus diesem Grunde hatte er auch niemals Ärger, das heißt, es bot sich nur selten Gelegenheit zu Kontakten mit der Sitten- oder Kriminalpolizei.

Im Viertel war Ludovic der Oberste unter den Strizzis. Seine Ansichten zu teilen, zeugte von natürlichem Adel. In ihm suchte die Straße das Vorbild ihrer Umgangsformen, und Nelly streute die geheime Macht dieses Mannes aus, wie der Lautsprecher die Töne und Ideen aus einem hochentwickelten Empfangsgerät ausstreut.

Ein Prinzip muß man sich klarmachen: Nelly, die Pflasterschwalbe, ist eine Naturgewalt, und am Ende wird sie es sein, die in dieser Geschichte das letzte Wort hat.

Eine Frau, die jenseits aller herkömmlichen Moral und ohne jeden Mystizismus uneingeschränkt bereit ist, sich an Leib und Seele auszubeuten, ist eine Naturgewalt, vergleichbar der Elektrizität, deren Launen man zähmt, ohne in ihr ursprüngliches Geheimnis eindringen zu können.

Nellys Anwesenheit gab der Straße einen Charakter; es war Nellys Charakter. Sie trat auf, und ihr Spiel bannte die Welt, bannte die sechsstöckigen Gebäude, bannte die Polypen auf der Wache, die wie die Küken aufeinanderhockten, bannte die lautlosen Automobile, die Nachtschwärmer, die pfiffigen Provinzler, bannte all die anderen blassen Frauen, die sich die beiden Häuserzeilen der Stundenhotels entlang wie die Blutkörperchen vor einer Krampfader drängelten.

Ihr Temperament erforderte, um voll erstrahlen zu können, nur die Nähe eines männlichen Pols, aus dem ihr eine vollkommene Kenntnis der Quellen, aus denen sie schöpfen konnte, zufloß.

Sie umwickelte ihren scharfen Wachhund mit einem Kokon aus feinem Kupferdraht, machte aus ihm eine hochempfindliche Magnetspule, die Signaltöne aussandte, welche in dieser nächtlichen Welt mit ihrem Geschrei und ihrer Vergeudung von Kräften nur sie allein hören konnte.

Durch Ludovic wurde sie mit Energie gesättigt wie eine Akkumulatorenbatterie durch das Aufladegerät. Die junge Frau untersuchte diesen Mechanismus, der die Drähte ihres Willens und ihrer Phantasie zum Glühen brachte. Als sie sich davon überzeugt hatte, daß ein Apparat von solcher

Leistungsfähigkeit überall auf dem Markt zu haben war, beschloß sie, endgültig frei zu werden.

Sie dachte an Rabe, ohne indes etwas Genaues über ihn in Erfahrung zu bringen. Ein zarter, aber fast unzerreißbarer Faden schien sie an diesen Mann zu binden. Zuweilen dachte sie an ihn, wie man an eine Landschaft denkt, an ein Lied oder eine Stadt. Dann verscheuchte sie diese Gedanken wieder, stand auf und steckte sich eine Zigarette an.

Eines Tages entschied sie, daß sie Ludovic loswerden wollte. Sie ließ ihn von einem Korsen töten, auf dem Rasen vor den Festungsanlagen, dem herkömmlichen Schauplatz für Messerkämpfe. Es war ein Duell, wie man es damals noch kannte und über deren pittoresken Charakter schon fast alles gesagt worden ist.

An einem Sonntag kam Jean Rabe nach Toul. Die Heeresbehörde hatte ihn zu einer vierwöchigen Übung in eine alte, aufgemöbelte Kaserne nahe bei den Festungswällen einberufen. Diese völlig belanglose Einberufung hatte ihn in einem kleinen Hotel der Rue des Charrettes in Rouen überrascht, wo er nicht sehr viel anders vor sich hinlebte als in Paris und mit jedem Tag ein bißchen weiter verrottete.

Der junge Mann hatte jedes Vertrauen in sein Schicksal verloren. Er dachte manchmal an Nelly zurück, denn er fühlte vage, daß dieses Mädchen ihm eine Art vorsichtiger Achtung entgegenbrachte.

Rabe mußte erst am Mittag einrücken. So stapfte er also schwerfällig durch den Schnee auf der Promenade vor den Festungsanlagen. Er hatte nicht einen Sou in der Tasche und fürchtete schon den Moment, da er schamrot den alten Kameraden aus der Rekrutenzeit wiederbegegnen würde – den intelligenteren, die zugleich auch die eingebildeteren waren. Bestimmt hatten sie alle genug Geld. Sie würden im Restaurant essen und Zimmer in der Stadt nehmen.

»Ach Gott«, dachte Rabe, »noch nicht mal im Schlamassel hat man seine Ruhe!«

Am Mittag ging er zur Kaserne. Der »Späher« bedachte ihn mit einem kurzen Blick, dann schickte er ihn zu seiner Kompanie.

»Wenn ich jetzt sofort eingekleidet würde«, sinnierte Rabe, »dann bliebe ich gewissermaßen anonym. Aber ich hab ja nicht einmal Geld, um den Mottenhütern einen auszugeben. Ich kann nur abwarten.«

Er streckte sich auf seinem Bett aus und rauchte.

Mit dem nächsten Zug kam die ganze Gruppe der Reservisten: Arbeiter, Angestellte, ein paar Jungbauern mit breitem Grinsen.

Andere junge Männer gesellten sich hinzu. Rabe erkannte jemanden namens Werthel wieder. Er war der Sohn steinreicher Juweliere. Auch Werthel erkannte ihn wieder.

»Schau an, der alte Rabe. Weißt wohl nicht, wo du mich hintun sollst?«

»Doch, doch, ich hab dich erkannt! Wie geht's?«

»Gut, und dir?« Werthel musterte den jämmerlichen Anzug seines Waffenbruders. »Zeichnest du immer noch?«

»Wer? Ich? Nein«, sagte Rabe, der sich nicht mehr daran erinnern konnte, daß er während seines ersten Aufenthaltes in der Kaserne als Zeichner aufgetreten war . . . »Ich zeichne nicht mehr«, kläffte er plötzlich los. Seine Stimme wurde schrill. »Ich habe die Malerei drangegeben und bin jetzt im Journalismus. Ich bin viel 'rumgekommen und versuche jetzt Kapital aus meinen Reisen zu schlagen.«

Der andere hörte kaum noch hin. Seiner Meinung nach rechtfertigte Rabes soziale Stellung nicht mehr Aufmerksamkeit, als zu einer Begrüßung in der Kaserne eben nötig war.

Er verschwand mit einem anderen eleganten Typ.

»Hau ab, Dreckskerl«, grummelte Rabe und ließ sich wieder auf den Rücken fallen. Die Füße legte er auf einen hohen Stoß brauner Decken.

Dann kam noch einer, der Retuscheur war, oder etwas in der Art. Er trug einen schwarzen Anzug, Stil: Afrikakorps, und einen breiten, hohen Filzhut. Die Künstlerschleife paßte prächtig zu seinem Musketierbärtchen und dem frisch geschnittenen Haar.

»Sieh da, der Rabe«, sagte er mit spöttischer Miene und saugte an seiner Tonpfeife. »Was machst du denn jetzt?«

»Ich bin Direktor eines großen Automobilwerks«, antwortete Rabe, bis aufs Blut gereizt. »Ich bin etwas müde, denn ich habe den ganzen Weg auf einem neuen Chassis zurückgelegt, zu dem es noch keine Karosserie gibt. Den Chauffeur habe ich mit der Kiste nach Hause geschickt. Und du? ... Immer noch in der Scheiße?«

Der Retuscheur in seinem Anzug von schwarzem Satin sprang auf und ging rückwärts von dannen.

»Heh, Jungs, mein Bett, wo ist mein Bett?« schnauzte er in gespieltem Befehlston. »Jetzt wollen wohl die Blauhemden den Alten sagen, wo's lang geht!«

»Was für ein Kalb«, seufzte Rabe. »Ich gäbe freiwillig ein Bein, wenn ein Krieg mir diesen Schwachkopf vom Hals schaffte.«

Am nächsten Tag wurde Rabe eingekleidet. Einmal in Uniform, gewann er seine Unbefangenheit zurück. Die Zivilkleidung hatte allzu offensichtlich sein tiefes Elend verhehlen sollen. Von nun an war er nur noch Soldat, aber ein Soldat ohne einen Sou in der Tasche. Nach fünf Uhr irrte er durch die engen Straßen von Toul, lernte eine ungewöhnlich junge Nutte mit honigfarbenem Haar kennen, die von der Brust bis zu den Füßen tätowiert war. Ein sonderbares Mädchen!

Er hockte mit ihr vor der Tür ihres Zimmer, die vom Parterre gleich auf die Straße hinausging, plauderte, rauchte in kurzen Zügen wie ein Straßenlümmel. Zerstreut folgte er den kompliziert einfachen Geschichten des Mädchens. Er erlebte eine Stunde der Ruhe, wie ein Motor im Ölbad.

Er las keine Zeitungen und ließ sich wie alle seine ertrinkenden Brüder mit dem Strom treiben. Sein Körper drehte sich um die eigene Achse, stieß gegen Hindernisse, fand aber schließlich immer in die Strömung zurück. Und so trieb er ungerührt auf Überraschungen zu, die er keineswegs fürchtete. Er hatte den Tod mit der Abgeklärtheit eines alten Hundes zu sehen gelernt.

»Wenn jemand dir tausend Francs gäbe«, fragte das Mädchen, »was würdest du tun?«

»Alles«, antwortete Rabe.

»Warum bist du zu mir gekommen«, fragte sie dann, »wo du doch aus mir kein Geld herauskitzeln kannst?«

»Weil du mich an Afrika und die Straflager erinnerst.«

»Biribi«, gab das Mädchen zur Antwort. »Komisch, was du da sagst. Ein Hornist, den du nicht kennst und dem ich mein ganzes Geld gegeben habe, nannte mich Biribi.«

»Also dann, Adieu«, meinte Rabe und stand auf, »ich muß gehen.«

Um Mitternacht, als in den Kasernen alles schlief, schmetterte das Horn des Wachkorps »das Ganze auf!«, dann »zum Sammeln«, dann den »Feldwebel vom Dienst« usw., usw.

Geübte Stimmen brüllten durch das schwache Licht der Korridore ein klassisches »Raus mit Euch!«, ein Feldwebel gab hysterisch Order: »Ins Magazin, Kampfausrüstung!«

Rabe, noch ganz verschlafen, erhob sich mechanisch, streifte den Drillich über und begab sich mit den anderen ins Magazin seiner Kompanie. Es war kalt, und der Wind fiel in Böen über die Stadt. Man hörte Dachziegel und ein Kaminrohr herunterpoltern. Einige mußten darüber lachen.

Rabe gähnte, daß es ihm den Kiefer ausrenkte, und streckte dem Magazinier beide Arme entgegen. Ihm wurden neue Kleider ausgehändigt, neue Ledersachen, neue Schnürstiefel, ein neuer Feldsack und ein neues, turmhohes Käppi.

»Und macht mir ja die Käppis nicht kaputt«, sagte der Adjutant, »oder ich schleif Euch vorn Kadi.«

Bepackt wie die Maultiere zogen die Männer in ihre Zimmer zurück und kleideten sich an. Sie knurrten, verfluchten die neuen Lederriemen an den Feldsäcken, die sich noch nicht rollen ließen. Umringt von Kerzenstumpen verteilte ein Korporal die Reserverationen, die sich auf seinem Bett stapelten.

Rabe machte sich mechanisch wie die anderen zu schaffen, doch ihm half niemand. Die anderen mochten ihn ebensowenig wie er sie.

Aus allen Quartieren antworteten sich jetzt die Hörner der Infanterie und die Trompeten der Artillerie. Weiter hinten, Richtung Ecrouves, wurde der Refrain eines Regiments geblasen. Dann hörte man eine Kapelle wie mit Schalldämpfer die *Marseillaise* spielen.

Rabe spitzte die Ohren. So hörte er besser das charakteristische Rollen der Maschinengewehrkarren.

Kinnriemen und Rucksack umgeschnallt, fegte ein Feldwebel durchs Zimmer: »Los, schnell, schnell! Alles runter!«

Die Kompanie nahm im Hof Aufstellung. Die Schatten der Männer streckten sich über den Schnee, und das Licht einer Handlaterne ritzte einen gigantischen Stern in den Boden.

In schwarzem Umhang trat der Hauptmann auf seine Leute zu. Er war dürr und gemein, trug aber im Gesicht die tragischen Zeichen eines frühen Endes. Mit ein paar Worten stauchte er seine Feldwebel zusammen.

Mühsam holperte der Kompaniewagen heran und hielt vor der angetretenen Zweierreihe.

»Die Munition, Herr Hauptmann!«

Unter größtem Schweigen ging es an die Verteilung.

»Wir üben Mobilmachung«, flüsterte ein Mann neben Rabe.

»Sie da«, fuhr der Hauptmann den letzteren an, »was gibt's da zu grunzen? Können sich wohl nicht benehmen, was? Werd Ihnen die Flausen schon austreiben, kapiert?«

»Ich hab überhaupt nichts gesagt, Herr Hauptmann.«

»Sie lügen.«

Rabe schwieg. Der Hauptmann befahl, in Viererreihen

vorzutreten; die Kompanie war als erste marschbereit und zog im Gleichschritt durchs Stadttor. Auf einem Feld linker Hand sollte sie in Stellung gehen. Man war in offenem Gelände.

Da riß Rabe das graue Papier von seiner Patronenschachtel und lud vorsichtig sein Lebelgewehr.

Beim Kommando Halt! blieb die Kompanie am Straßenrand stehen und stellte die Waffen nieder.

Rabe aber, mit geschultertem Gewehr, ging ruhig weiter.

»Heh, der Mann da hinten!« schrie der Hauptmann.

Der Reservist hörte hinter sich den weichen Galopp eines Pferdes im Schnee. Er drehte sich um, brachte sein Gewehr in Anschlag und drückte auf den Abzug. Der Kolben schlug ihm gegen die Kinnlade. »Ich lege an wie 'n Arsch«, dachte Rabe. Er zielte noch einmal auf den Hauptmann, traf ihn aber nicht. Der Offizier ließ sein Pferd voltigieren, dann eilte er mit verhängtem Zügel zurück zur Kompanie, die sich schon verstreute.

»Festnehmen!« befahl der Hauptmann.

Zwei Feldwebel pirschten vor, und Rabe schoß in ihre Richtung. Da nahm der Adjutant einem Mann das Gewehr ab und schoß zurück, denn einer der beiden Unteroffiziere hatte sein Gewehr fallen lassen und hielt sich den Arm. »Er hat mich getroffen! Er hat mich getroffen!«, schrie er.

Eine Kugel pfiff Rabe um die Ohren, dann noch eine. Und plötzlich spürte er etwas wie einen Stockschlag in die Seite, dann einen zweiten auf den Unterarm. Er ließ sein Gewehr fallen. Blut floß über sein rechtes Handgelenk.

Jean Rabe versuchte noch ein paar Schritte zu tun, dann sank er auf die Knie, in den Schnee. Er legte sich auf die Seite. Es sauste ihm in den Ohren. Mit einem Mal mußte er sich an seinen kleinen Wachhund erinnern, den er in Rouen bei einer Nachbarin gelassen hatte. Wilde Verzweiflung packte ihn, sie quälte und brach ihn mit unerträglicher

Gewalt. »Mein kleiner Hund, mein armer kleiner weißer Hund«, stotterte er. In diesem Augenblick wagte der Adjutant sich vorsichtig zu ihm heran. Rabe sah ihn riesengroß durch die Nebelschwaden des Todes.

»Ist er verletzt?« wollte der Hauptmann wissen.

»Ich glaube, er ist tot, Herr Hauptmann.«

Der Hauptmann war vom Pferd gestiegen und beugte sich über diesen völlig zusammengeschrumpften Körper.

»Donnerwetter noch mal, schöne Bescherung! Zwei Männer zum Abtransport ins Lazarett . . . Sie sind alle Zeugen. Schöne Bescherung!«

Weitere Kompanien erreichten das Gelände. Unter wildem Gefuchtel flitzten ein paar Laternen auf die finstere Gruppe zu, die Rabes Leichnam umringte. Sie schienen sich auf Zwergenbeinen fortzubewegen. Es war ganz drollig, wie sie mit ihren kleinen Beinchen auf den Hauptmann zurasten, der ihnen mit großen Schritten entgegeneilte.

13

Die beiden Jazzbands im *Miami*, die eine schwarz, die andere weiß, greifen mit der fließend harmonischen Bewegung von Pleuelstangen ineinander.

Am äußersten Ende des Saales, wo Paare gravitätisch tanzen, führt eine monumentale Treppe zur Straße hinauf.

Frauen kommen majestätisch treppab geschritten und ordnen sich in den kombinierten Rhythmus der beiden Orchester ein, dessen Melancholie dieser festlichen Nacht eine tiefe, entschieden vornehme Bedeutung verleiht.

Inmitten der Paare, zwischen jungen Leuten im Smoking, fragil und elegant, schmiegt sich eine große blonde Frau in kurzem rosaroten Reifrock und hochgestecktem Haar, wie es einmal bei den Strichmädchen Mode war, mit hochmütiger, auch verschlagener Grazie in einen Foxtrott: »Chérie«, das unvergessene Symbol des Jahresendes von 1919.

Diese Frau ist die Achse des vergoldeten Karussells, das, von den beiden Orchestern pausenlos angekurbelt, einige hundert Personen im Kreise herumwirbelt, die ganz dem Geiste der Epoche verfallen sind.

Es ist Nelly, und sie ist die einzige Frau im Saal, deren Haare im Nacken nicht ausrasiert sind. Sie herrscht über die Tanzbar wie eine Göttin der Straße, einer Straße indes, die sich an den wildesten Prassereien all derer bereichert hat, die das Massaker überlebt haben.

Der dezente Geruch dieser Tanzbar, wie auch der des Jahres 1919, ist noch immer der süßlich-fade Geruch des Blutes. Nelly ist schön, auf eine ganz und gar pariserische Art. Sie ist wirklich das Mädchen von der Straße, das es zu etwas gebracht hat. Ihr Mund ist der bleiche Mund der Straße, und der harte graue Glanz ihrer Augen wird für immer eine andere Kulisse spiegeln als diese hier.

Der stechende Maschinenlärm einer Lustfabrik beherrscht den Saal. Dumpf brummen die beiden Jazzbands wie Turbinen, die Nelly und ihren Tänzer antreiben, ebenso wie die anderen Paare, die sich an der gleichen Batterie aufladen.

Es herrscht ein Leben und eine Bewegung wie von Bazillen in einer offenen Wunde. Ein wunderbar süffiges Lied schmiegt sich eng an die Körper der Tänzer und der Zuschauer. Es sättigt die Luft im Saal auf eine geradezu intelligente Weise mit Elektrizität. Ein jeder zieht das Uhrwerk seines Lebens wieder auf und pumpt sich voll mit jener Energie, die von den beiden Jazzbands wie Wechselstrom durch alles hindurchgejagt wird. Nelly ist wie eine Feldrose, die den Stahlmast umrankt. Sie ist die Tausendjahrestaube in dieser jüngsten intellektuellen Landschaft, die Menschen ersonnen haben. Sie tanzt und singt leise ein englisches Lied vor sich hin, das sie mühelos wie ein Kind gelernt hat.

Plötzlich stockt der Jazz. Ein Stromausfall, könnte man sagen. Nelly kehrt zu ihrem Tisch zurück und überprüft eingehend ihre Fingernägel.

Sie zieht eine Zigarette aus der Handtasche und zündet sie mit vorgeschobenem Kinn an einem goldenen Feuerzeug an. Ihre Lider senken sich, sie stemmt die Ellenbogen auf den Tisch, und die Hände falten sich vor ihren Augen.

Junges Volk, gerissen wie die Alten, vergeht ringsum in prunkvoller Langeweile.

Jemand holt zu einer vagen, sich, wenn man will, ins Unendliche verlängernden Geste aus. Er spricht mit Grabesstimme: »Die Zukunft? Ach, ich seh's schon, nur noch Licht!«. Nelly beobachtet ihn aus ihren schönen grauen Augen, die alles auseinandernehmen. Wenn sie ihn noch länger anschaut, wird dieser Mann wie ein Stück Zucker in warmem Wasser schmelzen und mit ihm die ganze Kulisse: die beiden Orchester, die roten Bezüge, das goldgelbe Parkett, die weißen Wände und das Vipernknäuel der Tänzer.

Der eisige und grausame Himmel am frühen Morgen, der frische Himmel der Straße liegt in Nellys Augen, und wenn sie nur ein wenig bös ist und darauf beharrt, dann fegt der Wind der Straße durch diesen allzu warmen Saal und kehrt ihn aus.

Nelly erdrückt sorgfältig die Glut ihrer Zigarette. Wie eine österreichische Feldhaubitze reckt aus dem Champagnerkühler vor ihr eine Flasche ihren goldenen Hals zu den Lampen hin.

»Und schon wieder eine Nacht, die ich zu all den anderen Nächten hinzufügen kann. Aber heute ist alles neu um mich herum. Diese Männer sind neu, diese Frauen hat der Sturm auf einen Wurf geboren, die Musik ist neu, und neu ist alles, was mich am Leben hält.«

Sie dreht und wendet ihre Hand, so kann sie besser ihren einzigen Ring bewundern,. Sie ist noch immer in Gedanken: »Bin ich wirklich so stark?«

In der Erinnerung, auf der Rückseite ihrer grauen Augen, jagen Bilder über eine schneeweiße Leinwand.

Da ist der unbedeutende Soldat, der verbrecherische Metzger, auch der junge Deutsche, der zu ungeduldig war und sein Talent nicht mehr ertragen konnte. Und da ist Rabe, schlecht eingehüllt in seinen abgetragenen, kesselfarbenen Mantel.

Nelly träumt: »Sie alle sind für mein seelisches und leibliches Wohl gestorben«, und laut sagt sie: »Und das ist ganz natürlich!«

»Was ist, wie Sie sagen, natürlich?« fragt ihr Nachbar, jener Mann, der die Zukunft sah.

»Bei Ihnen piept's wohl ein bißchen«, antwortet Nelly, die nicht gemerkt hat, daß sie laut träumte.

Das Negerorchester spielt die Musik zu diesem Film, dessen Bilder Nelly sich wie Karten auf den Tisch legt. Die drei Gefährten von einst sind mit von der Partie, doch nur Rabe gelangt bis zu dem Diamanten ihres Ringfingers und dem Perlenkollier an ihrem Hals.

Die graue Straße, durch die der scharfe Nordost des Jahres 1910 pfiff, reicht durch Nellys Augen bis in den Saal. Die junge Frau steht auf und will sich zur Garderobe begeben. Lächelnd beugt sie sich über die Bank: »Los, Ti Bob, wir gehen!«

Ein kleiner alter Foxterrier schiebt sein graumeliertes Schnäuzchen vor, stellt sich auf die Hinterbeine und reckt sich an seinem Frauchen hoch. Es ist Jean Rabes kleiner Hund. Nelly hat ihn nach aufreibenden Gesuchen und Schwierigkeiten ohne Zahl zu sich genommen.

März 1927.

Der Montmartre ist eine Entdeckung des ausgehenden 19. Jahrhunderts. Er erstreckt sich von Toulouse-Lautrecs grellem Amüsierbetrieb an den großen Boulevards zu Füßen des Hügels, vom Boulevard de Clichy und der Place Pigalle, bis hoch zu Renoirs sommerlich-heiteren Landpartien in den Gärten des Moulin de la Galette. Das Personal der Bilder indes bleibt sich gleich: eine bunte, teils lärmige, teils fröhliche Bohème, die sich aus den Dachkammern des Quartier Latin in Henri Murgers »Scènes de la Bohème« (1851) verabschiedet hat und nun die luftigen, keineswegs komfortableren Höhen der »Butte« bewohnt. Dort lebt sie in Symbiose mit der Pariser Halbwelt, produziert »Kunst« und Divertissement für die besseren Viertel. Arm, aber genial, nichts zu essen, aber ausschweifend heiter, sind sie Jünger der Kunst und der Liebe, der Libertinage. Und ist man krank, dann stirbt's sich mit Gesang, so wie Mimi in Puccinis Oper. So jedenfalls will es die pittoresk-anrüchige Legende, die sich der Bürger der Jahrhundertwende für seine Künstler strickt. Und so mancher junge Mann, der sich zur Kunst berufen fühlte, ist ihr aufgesessen. Allenfalls bei van Gogh, der mit seinem Bruder Theo in den achtziger Jahren des vorigen Jahrhunderts kurzfristig in der Rue Lepic Wohnung nahm, ist der Himmel über Montmartre grau, naßkalt. Die Gartenlokale malt er im Winter, und in seinen Kneipen sitzt einsam und verlassen eine Trinkerin vor ihrem Glase. Ein Bild des Elends, aber gewiß eine treuere Vision des Alltags auf Montmartre. Es ist bezeichnend, daß diejenigen, die Anfang dieses Jahrhunderts vom Montmartre aus die Literatur- und Kunstgeschichte revolutionierten, sich folkloristischer Manipulationen nicht schuldig gemacht haben, wie etwa Carco und Dorgelès, die nach ihnen kamen. Keine Spur vom Charme der Butte, kein nettes Genrebild bei Picasso, Modigliani, Max Jacob oder etwa Guilleaume Apollinaire. Und schließlich auch nicht bei Pierre Mac Orlan, der sich an seine Zeit auf Montmartre nur ungern erinnerte. Als er 1899, im Alter von siebzehn Jahren (damals hieß er noch Pierre Dumarchey), zum ersten Male die Butte erstieg, hatte ihn vielleicht auch das Abenteuer der Bohème gelockt. Es sollte ihm nicht besser gehen als Jean Rabe. Seine Ausbildung hatte er abgebrochen, im Gepäck hatte er nichts außer einem Paar Rugbystiefel. Und Geld hatte er natürlich auch nicht. Er versuchte sich als Maler, vergebens. Die Nächte verbrachte er im Freien oder in billigen Absteigen, deren Wirte sich die Nacht im voraus bezahlen ließen. Mac Orlan erlebt die Wirklichkeit der Bohème, die Misere des modernen Abenteurers, und hat damit, ohne es zu ahnen, bereits den Stoff seiner Romane und Erzählungen gefunden. Vorerst aber vertreibt ihn der Hunger vom Montmartre. In Rouen findet er eine Anstellung als Korrektor in der Druckerei der »Dépêche de Rouen«, der Zeitung, die über Jahre hinweg Alains *Propos* drucken wird. Dann, von 1905 bis 1908 lockt ihn von neuem das Abenteuer. Mac Orlan irrt durch europäische und nordafrikanische Hafenstädte: London, Hamburg, Amsterdam, Neapel, Barcelona, Tunis, Marseille . . ., um schließlich erneut am Montmartre, diesem Hafen der Gestrandeten, zu landen. Es ist abermals die Misere, doch gelingt es ihm zwischen 1910 und 1912, einige humoristische Zeichnungen und Nonsens-Geschichten in diversen Witzblättern zu plazieren. Auch schreibt er einen ersten Roman, einen burlesken Roman, der ein Porträt des Abenteurers als Clown zeichnet: *La Maison du retour ecœurant* (1911, das er in den folgenden Jahren noch mehrfach überarbeiten wird). Das Abenteuer verlagert sich aus der Welt in den Kopf, Pierre Mac Orlan wird Schriftsteller. »Außer dem Scheck des Verlegers«, schreibt er Jahre später anläßlich einer Neuauflage dieses ersten Buches, »bereitet die Literatur als Kunst betrachtet noch andere Freuden, unter anderem diejenige, nicht im Gefängnis zu landen . . . So mancher illustre Gauner wäre an Galgen und Guillotine vorbeigekommen, hätte er er ein imaginäres Leben geführt . . .« Dieses Plädoyer für die Geborgenheit im Bibliothekssessel ist Frucht einer langen Erfahrung, an deren Ende die Erkenntnis stand, daß die Spezies Abenteurer oder Bohème literarische Chimäre bleiben muß, daß ihre Wirklichkeit den Namen der Misere trägt. »Der aktive Abenteurer«, schrieb Mac Orlan 1925 in seinem *Kleinen Handbuch für den perfekten Abenteurer,* »ist ein Esel, der auf ewig der Möhre hinterhertrabt, die er vor sich herträgt. Der wirkliche Abenteurer ist passiv, ängstlich, bleibt zuhause und kommt auf seine Kosten«. So wird Pierre Mac Orlan auch nicht zum Sänger der modernen Abenteurer, der Spione, Schmuggler, Zuhälter und Ganoven großen Stils, die seine Romane bevölkern, sondern zu deren ironischem Moralisten. Gerade dieser Zug ist es auch, der Mac Orlans Œuvre von der Flut an »Abenteuerromanen«, wie sie nach dem Ersten Weltkrieg über die französischen Leser hereinbricht, unterscheidet. Walter Benjamin entlarvte das sympathisierend-anbiedernde Interesse dieser Literatur für das moderne großstädtische Lumpenproletariat der kleinen Gauner, Zuhälter und Huren als fehlgeleiteten Fluchtversuch der Intelligenz aus ihren bürgerlichen Konditionen. Anders Pierre Mac Orlan. In seiner Novelle *Les feux du ›Batavia‹* (1927), die Benjamin 1929 zu den Büchern zählte, die übersetzt werden sollten, demonstriert Mac Orlan parabelhaft die Bodenlosigkeit einer sich freischwebend wähnenden, weil freibeuterischen Existenz: sämtliche Geschäfte der Zuhälter von Marseille kreisen um die angekündigte Ankunft eines transatlantischen Dampfers, der »Batavia«. Doch die Zuhälter handeln mit ungedeckten Wechseln, die »Batavia«, so müssen sie erkennen, bleibt Gerücht. Sie bleibt Gerücht, wie das Bild eines außerhalb der Gesellschaft gedeihenden Abenteurers eine Fata Morgana bleiben muß.

Mit den Romanen *Le Chant de l'Equipage* (1918) und *A bord de l'Etoile Matutine* (1919), zwei Seefahrerromanen gegen den Strich, setzt Mac Orlans Produktion nach Ende des Ersten Weltkrieges ein. Sie bilden den eigentlichen Auftakt zu einem Werk, das bibliographisch noch immer nicht bewältigt worden ist. Bis zu seinem Tode am 27. Juni 1970 schreibt Mac Orlan rund 130 Bücher (darunter 25 Romane), 65 Chansons (interpretiert unter anderem von Juliette Gréco), etwa 200 Vorworte (davon 50 für Gemäldeausstellungen), 150 Radiosendungen und annähernd 1000 (tausend!) Besprechungen, Rezensionen, Chroniken, Reportagen. Hinzu kommt eine größtenteils verschollene Menge an Zeichnungen und Gemälden aus der Zeit vor dem Ersten Weltkrieg. Der weitaus größte Teil seines Werkes entsteht in der Einsiedelei von Saint Cyr sur Morin, etwa 60 Kilometer östlich von Paris im Marnetal gelegen, die Mac Orlan Mitte der zwanziger Jahre bezieht, um sie dann nur noch selten zu verlassen. Anlässe zu größeren Reisen bieten nur noch Anfang der dreißiger Jahre Reportagen aus den Kapitalen des europäischen Faschismus, aus Berlin und Rom, wo er Mussolini interviewt.

Will man Mac Orlan literarisch charakterisieren, so muß man auf Autoren wie François Villon, Daniel Defoe, Rudyard Kipling zurückgreifen, vor allem auf Joseph Conrad, der ebenso wie er ein »Irregulärer« (Nino Frank) der Literatur war. Aber auch die Nachtstücke der deutschen Romantik, E.T.A. Hoffmann und Achim von Arnim etwa, klingen in seinen Büchern nach. Und schließlich: Alfred Döblins Roman *Berlin Alexanderplatz*, den Pierre Mac Orlan für Frankreich entdeckte, und der auch heute noch mit seinem Vorwort erscheint. Doch lotet man damit nur *ein* Reservoir, neben dem der frühen Biographie, für Mac Orlans Fiktionen aus. Er ist vor allem ein origineller Stilist, der den archaisierenden Jargon der Soldaten und Matrosen, das Argot der Zuhälter und Prostituierten beherrscht und es immer wieder mit überraschenden Modernismen, dem Vokabular aus

Elektrizität und Telegraphie versetzt (so zum Beispiel im Porträt Nellys und ihres Zuhälters Ludovic). Was sich stets anliest wie eine mimetische Schilderung des Milieus, etwa der Zuhälter, der Hafenspelunken, der Schmugglerbanden, wird plötzlich durchbrochen von Metaphern einer Technik, deren Modernität den Horizont seines Romanpersonals überschreitet und somit ironisch distanziert.

Hafen im Nebel (Le Quai des brumes) ist berühmt geworden durch Marcel Carnés Verfilmung nach einem Drehbuch von Jacques Prévert. Vom Original ist dabei nicht sehr viel übrig geblieben, hält man sich an die Fabel des Buches. Daß Pierre Mac Orlan die Adaption dennoch für geglückt hielt, lag nicht nur an seiner Begeisterung fürs Kino. Um die Stimmung des Romans, seine Tendenz, in ein visuelles Medium zu übertragen, mußte Prévert die *literarische* Metapher des »Hafens im Nebel« zurückübersetzen ins Eigentliche. Nur so konnte der Symbolgehalt des Titels für den Film gerettet werden. Deshalb spielt er also in seiner Hafenstadt, wie die meisten von Mac Orlans Romanen, und nicht auf dem Montmartre. *Hafen im Nebel* ist Mac Orlans autobiographischstes Buch. Nicht nur, weil er Jean Rabe seine eigene Jugend geliehen hat, auch das »Lapin Agile« hat es gegeben (und gibt es noch). Ebenso ist »Frédé«, der Wirt, historisch verbürgt. Vormals Fischverkäufer, pachtete er das Cabaret von Aristide Bruant, den Toulouse-Lautrec unsterblich gemacht hat. Und Schießereien, wie sie das sechste Kapitel erzählt, sind auf dem Montmartre vor dem Ersten Weltkrieg keine Seltenheit gewesen. Auch Picasso, der damals ein Atelier im *Bateau Lavoir* an der Place Ravignan bewohnte (in unmittelbarer Nachbarschaft des »Hôtel du Poirier« – bei Mac Orlan wird daraus das »Hôtel du Pommier«), weiß von einer solchen Schießerei zu berichten, bei der »Frédé« seine Kneipe verteidigen mußte. Die Legende will übrigens auch, daß Picassos Selbstporträt als Harlekin (1905) mit einer eleganten Dame und dem Guitarre spielenden Frédé lange Jahre im »großen Saal« des *Lapin Agile* hing. Gesichert indes ist, daß Berthe, Frédés Tochter, für Picassos »Frau mit Krähe« Modell gestanden hat. Berthe wurde wenig später Madame Mac Orlan.

Doch läßt man die autobiographischen, dokumentarischen und anekdotischen Details beiseite, so ist *Hafen im Nebel* auch ein eindrucksvolles Beispiel für das von Mac Orlan kreierte Romangenre des »fantastique social«. Diese Phantastik hat nichts Übernatürliches, auch nichts Exotisches, nie Dagewesenes an sich, sie ist ein Nachtprodukt der Gesellschaft, beleuchtet vom flimmernden Licht der Straßenlaternen: »Je strahlender das Licht«, schreibt Mac Orlan in seiner *Mademoiselle Bambù* – und er meint das Licht der Vernunft –, »desto dichter der Schatten.« Der mordende Metzger Isabel ist, wie seine größeren Kollegen Jack the Ripper und Hamann, ein Produkt dieser sozialen Phantastik. Er definiert sie auch am treffendsten: »Die meisten Menschen haben nicht die leiseste Ahnung von dem, was sich zwischen Tageswechsel und Tagesanbruch abspielt«, sagt er. »Das hat nichts mit Phantasie zu tun, es ist nur ein besonderer Blick auf die Wirklichkeit«. Michel Kraus, der deutsche Romantiker, hält diesen Blick nicht aus. Doch Mac Orlan weiß, daß sich hinter der ehrenwerten Fassade des Tages die Misere der Prostitution verbirgt, daß die modernen Metropolen des Nachts ein anderes Leben, ein Schattenleben führen, wie es der expressionistische deutsche Film aufgenommen hat. Man lese noch einmal den Anfang des elften Kapitels. Er liest sich wie eine Kinematographie der Nacht. Überhaupt meidet dieser Roman das Tageslicht. Und wird es hell, dann ist die Luft, wie am Quai de Javel, von Kohlenstaub geschwängert.

Was also ist der Abenteurer moderner Prägung, der Outsider? Ein Nachtgewächs, das verzweifelt nach Licht ringt und, wie Jean Rabes Leichnam, wieder in Nacht versinkt.

Jürgen Ritte